DEN
NE
O-
LUR

Benden Ne Olur? / *Aslı Kızmaz*

Yayıncı ve Matbaa Sertifika No: 10614

Yayıma hazırlayan Hakan Güngör
Kapak tasarım Betül Karakış
Kapak uygulama Şevval Ulusoy
Sayfa tasarım Şevval Ulusoy

ISBN: 978-975-10-3958-3

19 20 21   9 8 7 6 5 4 3
İstanbul, 2019

Baskı ve Cilt
İnkılâp Kitabevi Yayın Sanayi ve Ticaret AŞ
Çobançeşme Mah. Sanayi Cad. Altay Sk. No. 8
34196 Yenibosna – İstanbul
Tel : (0212) 496 11 11 (Pbx)

İnkılâp Kitabevi Yayın Sanayi ve Ticaret AŞ
Çobançeşme Mah. Sanayi Cad. Altay Sk. No. 8
34196 Yenibosna – İstanbul
Tel   : (0212) 496 11 11 (Pbx)
Faks : (0212) 496 11 12
posta@inkilap.com
inkilap.com

ASLI T. KIZMAZ

BEN-DEN NE O-LUR

İNKILÂP 92. yıl

Aslı T. Kızmaz

1983 yılında Eskişehir'de doğan ama aslen Kütahyalı olan, oralarda da hiç yaşamamış olup asker kızı olmanın gerekliliğini sonuna kadar yerine getiren ve şehir şehir gezen Aslı, Dokuz Eylül Üniversitesi ÇEKO bölümünden 2006 yılında mezun olduktan sonra öğrenimine Dudley College'da devam etmiştir. Firmaların pazarlama ve kurumsal iletişim departmanlarında 7 yıl görev aldıktan sonra, "9-6 çalışmaya yeter" deyip kendi işini kurma aşamasına geçmiştir. 5 yıldır AKA ile ilgilenmekte, daha çok sosyal medyada algı yönetimi üzerine uzmanlaşmaktadır. Aynı zamanda kendi sosyal medya hesapları için de içerikler üretmektedir.

Canım kızlarım Naz ve Rüzgar Mina,
canınız ne olmak isterse ya da istemezse
o olmanız ya da olmamanız dileğiyle...

Önsöz

Profesyonel bir yazar olmamakla birlikte profesyonel bir kitapsever olduğumu gönül rahatlığıyla buraya yazabilirim. Ancak, aldığım kitaplar beni o kadar heyecanlandırır ki, önsöz benim için film öncesi bir türlü bitmeyen reklamlar gibidir. Yayınevim bu konuda biraz ısrarcı olduğu için işte karşınızda önsözüm...

Şu an uçaktayım. Viyana'dan Amsterdam'a tek başıma uçuyorum. Kalkıştan hemen sonra kabin âmiri yanıma gelip, uçak korkumu fark ettiğini ve istersem bunu bilgilerime ekleyebileceğini söyledi. Böylelikle sonraki uçuşlarda Mrs. Kızmaz'ın yanında, "Uçaktan korkar, dikkat edin" bilgisi olacakmış. Bu başta hoşuma gitse de korkumla damgalanmak moralimi biraz bozmadı değil. Zaten hayatta bir şeyle damgalanmak oldum olası canımı sıkmıştır. Bu hikâye tam da bu nedenden dolayı çıktı. Hayatta tek bir şey olmaya çalışmak, tek bir unvana sahip olmak, bana hep sıkıcı gelmiştir. Uçaktan ölesiye korksam da hayata dair başka bir korkum yok. Mesela denemekten hiç korkmam, her şeyi denerim. Her şey olmanın şöyle bir tadına bakmak bana inanılmaz lezzetli geliyor. Çok şey denediğim için rezil olmaktan da korkmam, baksanıza kitap yazdım. Rezil olmaktan korkmamayı daha iyi açıklayamam bence.

Bir de şimdiden söylemek isterim ki Sertab Bal ben değilim. Yani bu kitap benim hikâyem değil. Yaşadıklarımdan yola çıktığım bazı olaylar, kişiler olsa da bu kadın yepyeni bir kadın. Siz elinize aldınız ya bu kitabı, işte şimdi doğdu, umarım daha çok yaşar.

Hadi şimdi bu kadar reklam yeter, film başlasın!

BÖLÜM 1

Ya İsminin Ya Hayatın Hakkını Vermek, İşte Bütün Mesele Bu!

Merhaba, benim adım Sertab, soyadım da Bal. Annemler, inatçı olayım, tuttuğumu koparayım diye adımı Sertab koymuş. "İnandığının peşinden gitsin bu kız, hiç pes etmesin" demişler. Şimdi geriye dönüp bakıyorum da, "İnsanlar ismiyle yaşar" lafı kadar saçma bir şey yok. Eğer ağzınız iyi laf yapıyorsa delicesine inandığım bir konuda dahi beni hemen ikna edebilirsiniz. Ayrıca yıllarca, özellikle telefon konuşmalarında, "Hayır, sonu Bursa'nın 'b'si" demek, bir noktadan sonra can sıkıcı olabiliyor. Ama soyadımın hakkını verdim bence. Tatlı dille bir yerden birileri çıkarılacaksa beni arayın, hallederiz.

Şimdi 35 yaşındayım. Evliyim ve bir çocuğum var. Bahçeli, ormanın içinde bir evim; güzel de bir işim var. Tam bir metropol kadınıyım. Ama sizi, beni daha yakından tanımanız için biraz daha eskiye götürmek istiyorum. Hikâyemi duyunca, "Nereden nereye be Sertab" mı dersiniz, "Çok da şey yapmamak lazım" mı dersiniz, göreceğiz.

22 yaşında, üniversiteden sonra İngiltere'ye okumaya gittim. Babam, altı aylık yeme-içme paramı yanıma verip, "Altı ay beni para için arama" dedi. Tabii tek başına yurt dışına ilk defa çıkıyorsan paranın kıymetini çok da anlayamıyorsun. Altı aylık parayı bir ayda bitirince acilen iş bulmam gerekti ve ben hemen bir bara, barmaid olarak girdim. İnsan kaynakları uzmanı

olarak çıktığım üniversitede, bu işi asla yapmak istemediğimi anlamıştım. Zaten insan kaynakları da beni çok istememişti. Zorunlu stajımda o kadar çok hata yapmıştım ki, staj sonunda departman müdürü beni yanına çağırıp başka kariyer alternatiflerini daha önce düşünüp düşünmediğimi sormuştu. O zamanlar bundan yüksek karakterimi ve yaratıcı zihnimi tek bir alana yöneltmemem gerektiği sonucunu çıkarsam da sonraları o işte gerçekten çok kötü olduğumu fark etmiştim. Zaten bir insanın karakterini bir görüşmede çözebilme yeteneğim olsaydı muhtemelen aşk hayatım da bambaşka yerlere giderdi. Ne demek istediğimi zamanla anlayacaksınız, şimdi açmaya gerek yok. Okulu bitirdikten sonra daha geniş bir alana hitap etmem gerektiğini anladım, işte tam da bu yüzden işletme eğitimi almak için İngiltere'ye gittim ama orada fark ettim ki, hayatta en çok eğlendiğim şey barmaid'lik yapmaktı. Bu işte oldukça iyiydim! Oradaki eğitimimi bitirdikten sonra, barın sahibi, işletmesini bana vermek istedi. Hemen kabul ettim ve babamı aradım, "Ben Türkiye'ye dönmüyorum baba, bar işletmecisi olacağım" dedim! İnanılmaz derecede modern ve açık görüşlü olan babam, on dakika sonra dönüş biletimi bana göndermişti bile! Hâlâ bu işte annemin payı olduğunu düşünüyorum. Çünkü soyadım babamdan geliyor ve kendisi bal gibi bir insan. Şimdi geriye dönüp baktığımda babama, "Kusura bakma ama ben burada kalıyorum" desem hayatım nasıl olurdu diye düşünmüyor değilim. Ama bunu düşünmek bile başka bir kitap konusu olabilir. Zaten o dönemde öyle bir düşüncem yoktu. Türkiye'ye dönüp beni hedeflerime ulaşmak konusunda asla yıldıramayacaklarını ispatlamak çok daha önemli bir mevzuydu. Sonuçta Sertab demek inatçı demekti! Beni hayallerimden asla ama asla vazgeçiremeyeceklerdi! İngiltere'de yapamıyorsam, Türkiye'de o barı mutlaka açacaktım. Hem de kokteyl barını!

24 yaşımda Türkiye'ye döner dönmez, Edirne'ye babamların yanına gitmek yerine, ablamın Cihangir'deki otuz metrekarelik evine çökmeye karar verdim. Hâlâ kararlıydım. O kokteyl barını öyle ya da böyle açacaktım! Tek eksiğim biraz paraydı,

kolay yoldan para kazanmam lazımdı! Hop hop hop aklınıza öyle şeyler getirmeyin! Televizyonda milyonlar dağıtan programlar var! Birini kazansam bana yeter. Önce entelektüel yapımı kullanıp "Kim Milyoner Olmak İster?"e katılayım dedim, fakat en son okuduğum kitabı, en son ne zaman okuduğumu bulamamamla birlikte bu ısrardan vazgeçtim.

Sonra da reytingleri uçuran kutu yarışması gözüme çarptı; dedim, ben buradan yürürüm. Hemen başvurdum. On tane elemeye girdim, herkes bana bayılıyor. Ay öyle tatlısın, ay böyle tatlısın! Sonunda finale kaldım, programı yapan adamla son görüşmeye katılacağım. Dedim, bu iş tamamdır. Hemen barımın adını düşünmeye başladım. "Rehab" koymaya karar verdim. Subliminal mesajlar bizim işimiz, 83'ten beri! Neyse, adamla görüşmemiz başladı, heyecan dorukta, adam standart şeyler soruyor ama bana devamlı ekrandan bakıyor, belli ki ekranda nasıl göründüğüm onun için çok önemli. Acaba ekranda nasıl görünüyorum? Gözünü yediğim Instagram'ı biraz daha önce bulunsaydın, şimdi hepimiz artistiz! Allah'tan bankadan kredi çekip annemlerden gizli burnumu yaptırdım. Aslında burnumu hep çok güzel sanırdım, ta ki ortaokuldaki sınıf arkadaşım Sevda, "Sertab biliyor musun, burun deliklerin görünmüyor" diyene kadar. O gün bugün kafama takmıştım. Annem konuya şiddetle karşı çıkınca, bankadan ev düzüyorum diye kredi çekip yaptırdım. Sıfır kilometre burnum ve ben nasıl göründüğümüzü bilmiyorduk ama özgüvenimiz tamdı. Adam bana ekrandan bakıyor ve devamlı soru soruyordu. Bence gayet iyi gidiyordu. "Son bir soru" dedi.

"Yarışmayı kazanırsan ödül parasıyla ne yapacaksın?"

"Kokteyl barı açacağım."

Adam bir anda kafasını ekrandan kaldırdı, bana bakmaya başladı. İçimden dedim ki, "Tamamdır, adam bayağı etkilendi. Herkes kesin ev, araba alıcam; anama, babama bakıcam gibi klişe cevaplar veriyor." Resmen bir anda daha da dikleştim, havalandım.

"Hımmm... *Her Şey Çok Güzel Olacak*'taki gibi mi?"

"Evet, tam da öyle. Zaten en sevdiğim filmdir."

"Yalnız onlar barı açamadılar."

"Benim hikâyem mutlu sonla bitecek. Benim adım Sertab, inatçı demek, ben o barı açacağım!"

"Seninle ilgili tek bildiğim, o barı benim yarışmamdan kazandığın parayla açamayacaksın, çünkü elendin!"

Tüm bu olanları, İstanbul'un en büyük ve popüler barındayken hatırlamam da biraz ironik oldu.

"Sertab Hanım, Didem Hanım sizi bekliyor."

"Teşekkürler."

Ben nasıl oldu da bir porselencide tabak satmaya başladım? Gerçekten o noktaya nasıl geldim, hâlâ net değil. Size söylemiştim, tuttuğunu koparan biri değilim. Tutmak zor geliyor belki ya da sıkılıyorum ya da öyle bir göt yok bende. Hayatın akışına kapılıp gidiyorum, kimi zaman da tek derdim günü kurtarmak oluyor. Aslında hepimiz gibi. Filmlerde başroller hep bir amaç uğruna koşar gider. Tamam abicim ablacım, sen o amaç için koş da sen koşarken parayı nereden buluyorsun?

Hadi dedim, barımı açacağım, bir şekilde bir yerden para bulacağım. Ama para bulmak için otobüse bile binecek paran olmayınca işler değişiyor. Sabah dokuz, akşam altı döngüsünde buluyorsun bir anda kendini. Aldığın para asgari ölçekte geçinmeni sağlıyor, zaten sonra da büyük hedefler yerine tatilini güzel yapmak için erken rezervasyon kovalıyorsun. Peki, tüm bunlar sizce kolaya kaçmak mı? Bence bu sorunun da tam bir cevabı yok. Çünkü kolaylık ve zorluk kavramları hepimizin hayatları için bambaşka anlamlar taşıyor.

BÖLÜM 2

Yangından Sonra

İngiltere'deyken en çok sevdiğim şeylerden biri parti mağazalarını gezmekti. İnanılmaz malzemeler vardır, birçok ülkede bulamayacağınız cinsten şeyler... Türkiye'ye dönerken yanıma bir iki tane yanardönerli malzeme almıştım, barımın açılışında kullanırım diye. Malumunuz, kolay yoldan para kazanma ve bar açma hayallerimi bir başka bahara erteledim. Ben de malzemeler bari boşa gitmesin diye 2009 yılına gireceğimiz gece evde çok da çılgınca olmayan bir yeni yıl kutlamasında ortamı şenlendirmek için kullanmak istedim. 10-9-8-7-6-5... hoop şu ateş çıkaran, patlayan şeyi patlattım. Daha 1'e gelmeden ev bir anda tutuştu. Herkeste kısa bir şaşkınlık, sonra çığlıklar ve kaçış... Allah'tan kimseye zarar gelmedi. İçeriden biri, daha merdivenden inerken itfaiyeyi aramış, hemen geldiler. Bu olayın dramasına geçmeden söylemem lazım; itfaiyecilerin iyi görünümlü olmaları dünyada sanıyorum bir kural. Bir anda evi, yangını unuttum, nasıl yakışıklılar, bir de gerçekten kahraman adamlar, yangına kafa göz girdiler. Belki yakışıklı değillerdi ama işini yapan erkek cazibesi beni etkilemişti. Birçok rockstar'ı sokakta görsen dönüp bakmazsın bile. Ama adamı sahnede gör, salyalar akar. Bu, işini yaparken görebildiğimiz herkes için geçerli bence. Bankacı falan olmadığı sürece, kusura bakmayın sevgili bankacılar ama işiniz seksi değil. Haa, broker'lar başka, onu da Tom Cruise kurtardı bence.

Günün sonunda 2009'a girmemiz şenlikli oldu, aslında bir yandan da sevinmedim değil, zaten ablamla eve sığmıyorduk. Ablamın adı Harika. Türkiye'nin en genç profesörü gibi bir şey, açıkçası çok da anlamıyorum ya da anlamak istemiyorum. Üçüncü dünya ülkelerinde çalışmaları var. Orada çocukların eğitimi için değişik fon çalışmaları yapıyor. Özellikle Afrika ülkelerindeki en temel sorunun su ya da elektrik gibi eğitimin de oraya ulaştırılamamasından kaynaklandığını savunuyor ve bunu çözmeye çalışıyor. Kendini adayanlardan... Hayatta kendimi adadığım tek şey bar açmaktı, ondan da bir ayda vazgeçtim. Kime çektim acaba? Bu arada Harika çok güzel, Afrika'da bir köydeyken bile harika görünüyor, inanılmaz gerçekten. Anlamadığım bir şey de, o böyle sarışın ve yeşil gözlüyken ben nasıl bu kadar kahverengi oldum? Neyse, yapılan araştırmalara göre dış görünüş sadece ilk beş dakikada etkiliymiş, sonrası konuşma, bilgi, birikim vb. Harika'da bunlar da var. Evet, kendisi gerçekten harika bir insan ama bu "Harika Bal" olduğu gerçeğini değiştirmiyor. "Harika Bal" tamamen organik! İnternetten sipariş edilen bal markası gibi. Neyse, kendisi bu konuyu açmamdan çok hoşlanmıyor, galiba hayatındaki ciddiyet dalgasına gölge düşürüyor diye.

Biz Harika'yla kimi zaman çok iyi anlaşırız, kimi zaman da hiç anlaşamayız. Ben onu arada çok kıskanırım, arada ona taparım. Standart abla-kardeş ilişkisi. Fakat ben döndükten sonra, ilişkimiz biraz kötüye gidiyordu. O ısrarla artık büyüdüğümü ve sorumluluk almam gerektiğini düşünüyordu. Bense bu hayatın benim olduğunu ve herkesin aynı olamayacağını söylüyordum. Farkındayım, onun evinde, imkânlarını kullanırken böyle düşünmek biraz saçma geldi size. Fakat kardeşler arasında metanın yeri yoktur. Onun olan benim, benim olan da onundur. Şu sıralarda bana ait çok şey olmaması dengeyi bozsa da kardeşlikte bu da önemli değildir.

Ben tam da böyle afili düşünceler arasındayken ve hâlâ yangının şokunu atlatamamışken Harika, yani ablam(!) bir anda bana döndü:

"Gerçekten bu kadar sorumsuz olmanı anlayamıyorum, yani aklım almıyor! Hayatında bir kere ya, bir kere herhangi bir şeyin sorumluluğunu alabildin mi? Hiç başkasını düşündün mü? Yaptıklarının sonuçlarına katlandın mı? Yok! Biliyor musun babam senin için hep ne diyordu?"

Bense içimden:

"Babam benim için hep güzel şeyler söyler, karnemde 1 getirdiğim zaman bile, 'Aman kızım, ablandan sıkılmıştık zaten, hep 5, seninki hiç değilse biraz farklı' derdi. Ayrıca babamla ilişkimi kesin kıskanıyor! Çünkü babam hep bana güler. Babam asla benim için kötü bir şey söylemez!"

Ben bu düşüncelerdeyken Harika devam ediyordu:

"Babam, 'En azından iki yıllık bir özel üniversiteyi kazansa bari. Onun üstüne çok gitmeyin, belki de kapasitesi bu kadar. Kendiniz gibi görmeyin' diyordu. İşte kendi öz baban bile inanmıyor sana! Benden bu kadar Sertab! Artık yalnızsın. Madem geldin İstanbul'a, yaşamayı da öğren!"

Sanırım hayatımda duyduğum en ağır cümleler ablamın ağzından çıkmıştı. Gerçekten haklılar mıydı? Kapasitem mi bu kadardı? Benden bir şey olmayacak mıydı? Hayatımın sonuna kadar tabak mı satacaktım? Yok öyle bir şey! Hepsine göstereceğim! Hem de yeni yılın ilk saati alıyorum bu kararı! Herkese göstereceğim! Adımdan öyle bir bahsettireceğim ki, hepsi düşündüklerinden, konuştuklarından pişman olacak. Ama önce kendime bir ev bulmam ve bu gaz konuşmasını arada kendime hatırlatmam lazım.

Birkaç hafta Gamze'de kaldım. Gamze benim İstanbul'daki tek arkadaşım, bankadan kredi çekerken bana kefil oldu, zaten onun bankasından çekmiştim. O da Edirneli, lisede arkadaştık. Ben İstanbul'a dönünce arkadaşlığımızı devam ettirdik. O çalışmaya benden önce başladığı için İstanbul'da kurulu bir düzeni var.

İşi gereği para konularından iyi anlar. 1200 lira ile İstanbul'da nasıl yaşayacağımı da çözeceğini düşünüyorum. O geceden sonra ciddi kararlar aldım. Annemlere kendilerinden asla para almayacağımı söyledim, hatta onlardan aldığım ek kartı hüzünlü bir törenle kırdım attım. Herkes yapıyorsa bence ben de yapabilirdim.

Önce ev arkadaşı bulayım dedim, bu yaştan sonra çok saçma geldi. Bir de inat ettim, bu işi tek başıma halledecektim, gerekirse ikinci bir iş bulacaktım ama halledecektim!

Neticede, arayan bulur demişler, efsane bir ev buldum. Güvenlikli, havuzlu, hem de sıfır ev, tıpkı benim gibi. O da hayatına yeni başlıyor, ikimizin de hayatında neler neler olacak kim bilir... Bana soracak olursanız bu ev ile aslında seviye bile atlamış olabilirim, otuz metrekarelik evden sonra yetmiş metrekarelik tertemiz bir ev, hem de kirası 500 lira. İstanbul'un yükselen değerinde. Havaalanına beş dakika değil, aslında hiçbir yere beş dakika değil. Belki otobüs durağına beş dakikadır, bilemiyorum. Sonuçta evi tuttum mu, tuttum. Şimdilik sadece kırk sekiz parça şahane bir yemek takımım var. Ama görecekler, bu evi çiçek gibi yapacağım. Yazın da gelsin havuz partileri...

BÖLÜM 3

Ne Demek Senin "Check List"in Yok!

Fark ettiğiniz gibi son dönemlerde hayatım ziyadesiyle hızlı akıyor! Biraz önce ben "ziyadesiyle" mi dedim? Yani öyle bir ifade mi kullandım? Yok yok, ben bayağı değiştim. Nasıl derler, kariyer kadını oldum bence, en azından bu bölümlük. Mesela artık tabak satmıyorum! Resmen transfer oldum! Tabak sattığım restoran zincirlerinin başındaki Emre Bey, bendeki cevheri fark etti ve bana bir iş teklifinde bulundu, şimdi Türkiye'nin en popüler et restoran zincirlerinin pazarlama uzmanıyım! Şu an, "Ee Sertab, şimdi de et satıyorsun" dediğinizi duyar gibiyim! Hayır, etlerin daha iyi ve havalı nasıl satılacağına karar veriyorum. Arada büyük bir fark var. Haa ayrıca, ne yaparsak yapalım zaten bir şeyin satılması için uğraşmıyor muyuz? Adam sakız satıyor ama sakız Amerikan markası olunca "marketing senior supervisor"ı oluyor, bu çok havalı geliyor da, ben Ekmelettin Et Lounge'da çalışınca mı havalı olmuyorum? Saçmalık. Sonuçta hepimiz kapitalizm çarkında birer piyonuz! Ooo şimdi de kapitalizmi mi cümle içinde kullandım? Yok yok, ben kesin büyüdüm.

Maaşım 2000 lira oldu, eve taksiyle dönüyorum ve parasını şirket ödüyor! Sen Amerikan şirketinde sakız satmaya ve eve servisle dönmeye devam et loserrrrrr!..

Akşamları özellikle Etiler'deki dükkâna uğruyorum, Emre Bey o dükkâna çok önem veriyor, ah dükkân ne, lounge'a. Ben değiştirdim adını biliyor musunuz? Sanki böyle daha havalı geldi. Yani öyle hissettim. Hissettiğim doğru çıktı, keza Etiler'de inanılmaz bir popülarite kazandık. Ünlüler kapımızda yatıyor resmen. Ben de akşamları hem biraz ortam yapmak hem de Emre Bey'in gözüne girmek, ama en önemlisi ekstra mesai yapıp eve taksiyle gidebilmek için lounge'mızda takılıyorum.

Bir önceki bölümde anlattığım evim, çirkin yüzünü hızla gösterdi. Dört vasıta, toplamda iki buçuk saat süre ile insan olan bir bölgeye ulaşabiliyorum! Ama evle aramda duygusal bir bağ var! Kirasını tek başıma ödediğim ilk evim o benim. Koltuğunu kendi başıma aldığım ilk evim. Kopamıyorum, zaten kopamam, çok ucuz. Canım evim.

Yine bir gün Et Lounge'da takılırken Gamze aradı. "İş çıkışı alayım seni, bankadan arkadaşlarım var" dedi. Gamze işte, taktı mı takıyor. Bankada bir çocuk varmış, yükselen değer. Bankanın altın çocuğunu, bana uygun görmüş. Bankacı erkeklerle ilgili ne düşündüğümü bilirsiniz, ama elimde sadece A seçeneği olduğunu unutmamak lazım. Çocuğun Instagram'ına baktım, paradan anlayabilir ama fotoğraf çekme özürlüsü, hiçbir şey anlamadım. Durmadan manzara fotoğrafı. Abi manzara fotoğrafı görmek istesem Googla'a bakarım. Bana kendini göster bebeğim! Evet, fark ettiğiniz üzere Instagram artık hayatımızda!

İngiltere'den döndüm döneli kimseyle flört bile etmediğimi fark ettim. Tamam, bakalım Gamze'nin şu çocuğa bir şans vereceğim, tabii "check list"imden geçerse.

"Check list" ne mi? "Check list"siz olamazsınız! Herkesin bir "check list"i vardır; kimininki yazılıdır, kimininki de kafasındadır. Ben telefonun notlar bölümüne koydum. Olur da çok sarhoş olursam, sabah saçma sapan bir manzara ile karşılaşmayayım diye, en kötü ihtimalle bar tuvaletinde kontrol ediyorum! Eğer gece çıkıyorsak, "Check list'e bak" yazısını telefonuma arka plan fotoğrafı yapıyorum. Sarhoşken mutlaka tuvalete gittiğimden ve orada telefona baktığımdan hemen aklıma geliyor ve kontrol ediyorum. Baktım bir maddeye uymuyor, tuvaletten çıkınca doğrudan eve gidiyorum!

BÖLÜM 4

Sertab'ın Check List'i

Yeşil Göz: Bence buradaki durum tamamen psikolojik. Harika'nın yeşil gözleri bende böyle bir etki yarattı. Ayrıca ilk aşkım Baran da yeşil gözlüydü. O zamanlar beş yaşındaydık. Standartlarımdan asla ama asla ödün vermemem meziyet bence.

Güzel Koku: Ortaokulda Hakan diye bir flörtüm vardı. Aylarca uzaktan uzağa bakışmıştık. O zaman öyleydi. Ben sabahçıydım, o öğlenci. Aracı ile iletişim kurduk aylarca. Sonra yine aracı ile benimle buluşmak istediğini söylemişti. Okul çıkışı buluşmuştuk. Size nasıl anlatsam, hani o ergen kokusu vardır ya, hani her gün banyoda bir saat geçirdikleri dönemler. Tamam, şimdi bilmeyenler için söyleyeyim, banyoda banyo yapmıyorlar çünkü yapsalar öyle kokmazlar. Çocukla buluşmam toplamda kırk saniye falan sürdü. Hâlâ çocuğu düşününce kokusu burnumu sızlatır.

Kısa Kollu Gömlek Giymemeli: Lisede erkekler yazın kısa kollu gömlek giyerdi. O koltukaltı kılları nasıl birbirine karışıyordu, anlatamam. Kollarını kaldırdıkları her an bizi o görüntüye maruz bırakırlardı. Buradan erkeklere sesleniyorum, koltukaltı kıllarınız seksi ya da erkeksi değil. Bir dost.

Ağzını Şapırdatmasın: Bu madde ile ilgili herhangi bir travmam yok, genel bir görgü kuralı. Biz Japon değiliz, şapırdatmayın rica ediyorum!

Dans Etmesin: Farkındayım, biraz seksist bir yaklaşım ama hiçbiriniz Kübalı değilsiniz ve kıvırttığınızda tüm erkeksiliğiniz gidiyor. O işi sessizce Tarkan'a bırakalım çünkü kıvırtmak ancak onu seksi yapıyor.

Düzgün İçsin: Üniversitede bir sevgilim vardı, Cem. Görseniz, tam bir beyefendi. Konuşması, oturması kalkması. Nezaketiyle beni kendine âşık etmişti. Bir yılbaşı akşamı dışarı çıkmıştık. Hepimiz çok içtik, Cem de çok içti. Ama çok da düzgün içmemiş belli ki, dışarı çıkarken bana "Buyurun hanımefendi" diye yol açan garsona, "Sen benim sevgilime benden destur almadan nasıl yol verirsin!" diye dalmaya kalktı. Tabii ki çalışan çoğunluğundan dayağı yedi. Ben de dayak yemesini büyük zevkle izleyip sataştığı garson çocukla çorba içmeye gittim. O zaman garson çocuk söylemişti: "Abla bir sevgili yapacaksan, önce rakı masasına otur. Sofradan oturduğu gibi kalkmayan adamla sevgili olma!" O gün bugündür o garson çocuğun sözünden çıkmam.

Küfür Etmesin: Arada herkes küfür eder ama her lafının arasına küfür sokan insanların kendilerini ifade etme sorunu olduğunu düşünmüşümdür. Kendini ifade edemeyen adamla benim işim olmaz.

Beyaz Renk Arabası Olmasın: Biraz abarttığımı düşündüğünüzün farkındayım ama beyaz renk araba ne arkadaşım! Hiç mi sevdiğin renk yok, hiç mi risk almayı sevmiyorsun! İkinci elde daha kolay gider diye mi düşünüyorsun? Ya da arabanı öyle seviyorsun ki, gelinlik giymiş kız muamelesi yapıyorsun. Bu örnekleri size sabaha kadar uzatırım ve sizi de beyaz arabalı erkeklerden/kadınlardan soğuturum.

Kıskanç Olmasın: Günümüzde hâlâ, "Beni kıskansın, sevdiğini belli etsin" diyenler var. Hepsinin çok acil olarak bir psikolog ile görüşme yapmasını tavsiye ediyor, bu maddeyi açma gereği bile duymuyorum.

Durmadan Hesap Ödemeye Kalkmasın: Erkeklerin durmadan bir şeyler ödemesinin yeni dünyada nezaket olmaktan çıktığını ve üstünlük kurma gayesi taşıdığını düşünüyor, bu konuda Almanları tebrik ediyorum. Son olarak belirtmek isterim ki, ilk buluşma kuralı, bu aktivist yazımdan sonra, çok olmasa da hâlâ eski usulde gitmeli.

Gecenin ilerleyen saatlerinde Gamzeler beni almaya geldi. Arabada beş kişi vardı, bir tanesi yemyeşil gözleri, beyaz salaş tişörtü, muhteşem gülümsemesiyle, nolur bankanın altın çocuğu olsundu, nolur... Eğer değilse de ben bu gece bu abiye büyük yürürüm.

Gamze herkesi tanıştırdı. En sona benim altın çocuğu bıraktı. Ve bingo! Altın çocuk yeşildi, bir anda birçok maddenin yanına tik atıldı. Acaba gerçekten kariyerimin zirvesindeyken bir de hayatımın aşkıyla mı tanışmıştım! Off Harika, sen hâlâ Afrika'da takıl, gerçekten resmen bir Nil Karaibrahimgil şarkısındayım şu an! Çocuk da yapacağım, kariyer de! Hemen altın çocuğun yanına kuruldum! Mekâna gelene kadar klasik konuşmalar... Mekâna geldik, arabadan herkesin inmesini bekledi, sonra bana baktı. Elini uzattı. İnmeme yardımcı oldu. Off yeşilim, altın çocuğum, çok yükseldim şu an!

Bütün gece çevremizdeki herkes dans ederken biz konuştuk. İki dil biliyor. Her fırsat bulduğu an yurt dışına gidiyor çünkü o bir gurme. Yemek yapmaya bayılıyor! Yok yok, ölücem ben, keşke Las Vegas'ta yaşasaydık, çıkışta kesin tuvalet kâğıtlarından kendime gelinlik yapıp evlenirdim. Yüzüğümü de Harika'ya gönderip, "Bu da sana girsin" yazardım! Neyse, ben zaten yaz düğünü istiyorum, biraz daha bekleyebilirim. Gece bitti, her sarhoş akşamın bitişi gibi çıkışta çorbacıdaydık, valla yanımda hayatımın aşkı da olsa o kelle paça yenecek, hem müstakbel karısını tanısın! Ne, o da mı kelle paça söyledi! Tutmayın beni, bu iş üç yüz elli kişiyle, yemekli Boğaz düğününde bitecek! Bu arada arabası kırmızı renkmiş. Hem şehvetli hem de risk almayı seviyor. Tam istediğim gibi!

Yemeklerimiz geldiğinde ben düğünümüzde Suvla olsun

mu olmasın mı diye düşünüyordum. Boğaz düğünü de olsa, klasik bir organizasyon istemiyorum, daha bir parti havasında olmalı bence. Tüm bu düşüncelerden beni bir ses uyandırdı adeta: Şap şap şaaaaaaaaaap... Kafamı kaldırıp o sesin nereden geldiğini görmek istemiyordum ama yapmak zorundaydım. O ses nereden geliyor, görmek zorundayım. Gerçekten sokayım, şansıma sokayım! Mal oğlu mal, iki dil öğreneceğine git yemek yerken dilini nasıl kullanacağını öğren tipini siktiğim! Boşuna içtim boşuna, yarın işe uykusuz gideceğim.

Eve gidiyorum...

Bankanın altın çocuğundan ve orkestra şaplatmasından ışık hızıyla kaçmamla taksiye atlamam bir oldu. Çorbamı da içemedim, yolum zaten uzun. Ayrıca, çocuğa hava atacağım diye çok içtim. Kusmadan, İstanbul'un bir diğer ucuna taksiyle gidebilmem lazım. Gecenin bir yarısı taksiye binmek en sevdiğim şey, camı açıp müzik dinlemek ve hayal kurmak... Nedense hayatıma büyülü bir şey katıyormuş hissi veriyor bana. Yeni kararlar alıyorum, zaten yeni kararları ancak sarhoşken alıyorum. Sarhoşluğun en sevdiğim yanı verdiği cesaret. Hiçbir şeyden korkmuyorsun, her şeyi yapabileceğine inanıyorsun, ta ki ayılana kadar. Sonrası bende tamamen üşengeçlik...

Soğuk yüzüme çok güzel vuruyor, ancak o kadar açım ki, yemekten başka bir hayal kuramıyorum. Evdeki seçeneklerimi düşünüyorum, düşünüyorum, düşünüyorum, evet kesin varım ama evde bir şey yok. Olsun, ekmek vardır. Canım ekmek, herkes gider, o kalır! Evet, şimdi de ekmeğe yükselmekle yeni bir çığır açtım galiba.

Bütün hayatımı gözden geçirdikten ve 26 şarkı dinledikten sonra nihayet evimdeyim. Hoop, evet ben kesin çok sarhoşum, yürüme yeteneğim yüzde bir. "Taksiciye belli etme, taksiciye belli etme" diye diye apartmandan içeri girdim. Kapıyı kapatmamla arkadan kapıya vurulma sesi geldi. Bakın sevgili okurlar, o an anladım ki korkudan altına sıçmak diye bir gerçek varmış. Arkama baksam mı bakmasam mı, acaba varımı yoğumu satarak aldığım telefonumu takside mi unuttum? Bakmam lazım, sonuçta bir çığlığıma bakar, koskoca apartmanda elbet biri yaşıyordur. Bu arada evet benim apartman çok talep görmedi, bari havaalanına beş dakika olsaydı!

Öyle ya da böyle bakacağım, işin ucunda telefonum var, gerginim, kapı hâlâ çalıyor, 3-2-1, hadi Sertab, alkolün verdiği cesarete güven. Dön, adam sapık falansa bu gazla etkisiz hale getirebilir, gazetelere manşet olur, inanılmaz bir üne kavuştuktan sonra bir markanın yüzü olur ve barını açarsın! Bu da sana girsin, kutu yarışmasındaki adam ve önümde duran diğerleri! Sertab'a not: Bir gün bir psikoloğa verecek paran olursa ona şu ani yükselmelerini sor.

Tamam dönüyorum, döndüm.

Sen şaka mısın? Sen gerçek misin? Dünya düz mü? Yok, yuvarlak ve konumuzla alakası yok, yok yok kesin gerçek ya da değil, ben iyi değilim, acaba demin gerçekten altıma sıçtım mı? Eğer öyleyse, kapıyı açmadan uzaklaşayım, hem kaçan kovalanır.

Yok, sıçmamışım, peki tipim nasıl? İyi miyim? Sonuçta bu anı yıllar sonra çocuklarımıza anlatacağız. "Yavrum, annenizi gördüğüm o ilk an..." ile başlayan cümleler kurulacak. Sakin ol Sertab, her türlü iyisindir, yani olabildiğinin en iyisisindir, bir Harika değilsindir ama sarışının adı esmerin tadı. Sertab dünyaya dön ve git kapıyı aç. Evet, adamı hayatında ilk defa, inlerin ve cinlerin top oynadığı ama havuzu olan apartmanının önünde sabahın üçünde kapıyı yumruklarken görüyorsun ama bu adam da sapıksa, benim aşka inancım kalmadı, sorma, sorma...

Tabii ki yanımda Mustafa Sandal belirdi. Ne zaman durumla ilgili bir şarkı düşünsem nasıl oluyor da bu insanlar yanıma geliyor? Sertab'a not iki: Psikoloğa bunu da sor, hatta diğerinden daha önemli, şizofren olabilirsin.

"Musti ne yapmalıyım sence?"

"Çok sarhoşsun Sertab, her türlü açacaksın o kapıyı. Şarkı söyleyeyim mi?"

"Yok abi, hayatımın aşkını daha fazla bekletmeyeyim, başka sefer sözün olsun."

"Tamamdır, hadi haberleşiriz."

Kapıyı, nihayet açtım. Hemen en ince ses tonumda, "Merhaba" dedim. O da, "Kusura bakmayın, yeni taşındım, girişin anahtarını daha alamadım," dedi. Bu cümleleri geleceğimiz için bir yere yazmalıyım.

Hani dersiniz ya, yakışıklı çocuk diye, şimdi onu Hugh Jackman seviyesine getirin ve bir çift yeşil göz ekleyin. Anlatabiliyor muyum? Öyle bir adamla şu an aynı apartmanda oturuyorum! Yemişim uzaklığını, hadi kar yağsın, hemen yollar kapansın, elektrikler kesilsin, burada mahsur kalalım, donmamak için birbirimize sarılalım, hadi!

Beraber asansöre doğru yürürken, elimden geldiğince hakkında bilgi almaya çalıştım.

İsmi Soner'miş. Çok iyi değil mi? Soner, yani Son-er. Bitti yani, dükkânı kapattım diyeceğin adam.

Asansöre bindiğimizde, yalnız bana bakarken yeşil yeşil, bir anda burnuma, karşılığında adam öldüreceğim bir koku geldi. Sonuçta denizde balık çok, başka bir Soner, olmadı İlker bulurum. Ancak, gecenin bir yarısında, bu kadar güzel kokan bir yemek bulamam!

Köfte bu ve kesinlikle ekmek arası, Allah'ım iyi değilim. Bütün an gitti, büyü gitti, her şey gitti ve sadece alkolün bana verdiği cesaret geldi. Gelecek nesillere asla ama asla söylemeyeceğimiz o sözler ağzımdan süzüldü:

"Elindeki poşette ekmek arası köfte mi var? Yani eğer öyleyse ve yarımsa, ki boyuna posuna bakınca öyle hissettim, bence gecenin bu saatinde onun yarısını yemelisin, hazımsızlık yapar ve belki yarısını da bana verirsin... komşu! Beni atasözlerini hatırlatmak zorunda bırakma!.. Hadi, çok açım!"

En kötüsü ne biliyor musunuz, sabah olunca her şeyi ayık kafayla hatırlamak ve geri alamamak... Pisboğaz Sertab!

Evet, Soner sakince gülümseyerek elindeki poşeti bana verdi. Zaten benim katıma gelmiştik. Aldım, indim. Belki de hayırlısı oldu, kim soğansız köfte yer ki!

BÖLÜM 5

Hayal Kurmak Bedava

Şu hayatta en çok sevdiğim şey galiba hayal kurmak. Afili laflar vardır ya, "Hayal kurma, hayalini yaşa." ana fikrinde. Bak kardeşim, bir defa asla ama asla, ne kadar yakın olursa olsun, hayal kurmak ile gerçeklerin alakası yoktur, belki yandan yemişi vardır. Bir defa hayal kurarken bir anda elbiseni, saçını, ambiyansı değiştirebilirsin. Hayallerde hep en iyi sensin ve beyaz atlı manita gözünü senden alamaz. Gerçeklerde ise, özen gösterdiğin kıyafetin hep bir falso verir. Örneğin, en son İngiltere'de lordlar kamarasından John ile ilk buluşmamızda, yapıştırma sutyenim bir anda göbeğime düştü. Şehrin country side'ında bir kulüpte ev yapımı biralarımızı havalı havalı içerken bir anda sutyenim göbeğimdeydi. John hayal kurulan cinsten bir adamdı ama sutyenim hayallerde olacak şekilde davranmadı. Uzun lafın kısası, hayal kurmak her zaman ama her zaman dünyadaki en güzel ve bedelsiz şey!

Nerede kalmıştım, hayal kurmak... Hayatımın son aşkı olduğuna yüzde yüz inandığım Sonerciğim'den pisboğazlığımla aldığım köfte ekmekten sonra ertesi sabah gözlere damlatılan Zyrtec ve suya karıştırılan iki Alka-Seltzer sonucunda biraz toparlanmış ve dünyanın merkezinden İstanbul'un merkezine olan yolculuğuma başlamıştım. Bildiğiniz üzere, yolculuğum ortalama iki buçuk saat süreceği için bolca hayal kurabilecektim. Dün gecenin etkisiyle bu yolculuktaki hayal konusu kurumsal hayatın dertleri değil, tabii ki Soner'di! Zaten çalıştığım yer de kurumsal değildi.

Soner ile apartmanımızda karşılaşmanın binbir kombinasyonlu halini hayal ettim:

1- Sertab çok önemli bir iş konuşmasında, belli ki iş yerinde etkili biri. Tam asansöre binecek ama binemiyor, çünkü o telefon konuşması çalıştığı şirket için çok önemli, onun engin fikirlerine inanılmaz ihtiyaçları var. Tam da en hararetli yerde arkadan Soner geliyor, Sertab aşırı kurumsal ama bir o kadar da seksi bir elbise içinde. Soner arkadan Sertab'a bakıyor, rahatsız etmek istemiyor, içinden de diyor ki, "Hımm ne kadar zeki ve bir o kadar da seksi bir kadın." Soner çok etkileniyor, Sertab olup bitenin farkında bile değil. Çünkü Sertab aşırı havalı.

2- Sertab, en yakın arkadaşının düğününe gidiyor ve sadece hayallerde ve kırmızı halılarda giyilen gerçek saten (bilirsiniz gerçek saten bulmak zordur, yani benim bütçemi düşünürseniz) kırmızı sırt ve bacak yırtmaç dekolteli elbisesiyle tam asansörden çıkmış, ağır çekimde yürürken apartmanın kapısında Soner beliriyor, Soner şokta, Soner büyülenmiş. Sadece kapıyı açıp yol verebiliyor, Sertab ise küçük bir tebessümle arabasına binip uzaklaşıyor, hatta şoförlü arabasına, çünkü Sertab çok önemli biri. Önemli birinin her zaman şoförü olur.

3- Sertab apartmana girerken bir anda iki hırsızla karşılaşıyor, hırsızlar Sertab'ın çantasını çalmak istiyor. Sertab önce onlara, "Gençler bence ne siz üzülün ne de beni yorun ve bu kapıdan sakince çıkın gidin" diye ültimatom veriyor. Hırsızlar ciddiye almıyor. Hırsızlardan biri çantaya doğru uzanırken Sertab hırsızın elini tutup arkasına kitliyor diğerine de tam Jet Lee tekmesi atacakken Soner kapıyı açıyor. Hayran hayran Sertab'a bakarken, Sertab yine en havalı haliyle, "Polisi arayabilir misiniz, malum, ellerim dolu" diyor. Sertab hem havalı hem de esprili. Bu an onların ilk buluşması oluyor.

İşte tam da bu yüzden hayal kuruyorum çünkü gerçekte hiçbiri olamaz. Çünkü gerçekte; etçide çalışıyorum ve oranın en önemli adamı etleri yapan Haydar Abi, ayrıca demin de yazdığım gibi kırmızı elbiseyi alacak param yok ve bileklerim çok ince, herhangi bir dövüş sporunu bırak, pilatese bile uygun değil. İşte tüm bu nedenlerden dolayı ben anca sarhoşken adamın yarım ekmeğine göz diktiğim gerçek anlar biriktirebiliyorum bu hayatta. Umuyorum ileride gülünecek anlar olur bunlar.

Tüm bu hayaller beynimde dönüp dururken telefonum çaldı, annem. Size annemden hiç bahsetmedim değil mi? Türkiye'nin ilk kadın paraşüt öğretmenlerinden biri annem. Hayatınızda görebileceğiniz en gerçekçi insan. Kadın net, sinir bozucu derecede. "Harika onun tüm genlerini almış, ben de sütçünün" diyeceğim ama evimize sütçü de gelmezdi. Bence ben onun hayattaki en büyük hayal kırıklığıyım. Arada bana bakışını yakalıyorum, "Ben nerede yanlış yaptım?" dercesine bakıyor. Sakın yanlış anlaşılma olmasın, anne sorunum yok, ama bazen, "Daha iyisini yetiştirebilirdim" bakışı var. Allah'tan Harika o kadar harika ki ikimizin yerine işi idare ediyor.

"Efendim anne?" diye açtım telefonu, "Ne yapıyorsun?" dedi, "İşe gidiyorum" dedim ve klasik konuşma geldi. Bence bu konuşmayı yatağının başına yazdı ve her sabah uyanıp görev bilinciyle bana hatırlatıyor.

"Sertab, bir etçide çalışmaktan sıkılmadın mı, tamam güldün eğlendin, artık gerçek bir işe girmeye ne dersin? Sonuçta yurt dışında master yaptın, elbet güzel bir iş bulursun. Olmadı, acaba Harika mı sana yardım etse? Biliyorsun çevresi çok geniş."

"Anne, metroya iniyorum, sonra konuşalım, görüşürüz..."

Telefonu kapattıktan sonra, otobüsün koltuğuna daha da yayılıp kombinasyon dördü düşünmeye başladım bile.

BÖLÜM 6

Her Şeyin Değiştiği Bir Gün Daha

Aslında hedefim size son 9-10 yılımı hızlıca anlatmaktı ama bu son birkaç gün önemli, geriye dönüp baktığımda her şeyin başladığı nokta galiba ya da değil, bilemiyorum, hep yanlış hissediyorum. Buna siz karar verirsiniz.

İki buçuk saatlik yolculuk sonunda o gün işe varabildim. Ofiste birkaç mail ve mönü değişikliği sonunda Emre Bey'in isteğiyle Etiler'deki dükkâna geçtim. Akşama çok ünlü bir grup gelecekmiş. *Efsane Yüzyıl* diye bir dizi vardı o dönemde, nasıl popüler, inanamazsınız. Tüm Türkiye nefesini tutmuş o diziyi izliyor. Ben hiç izlemedim. Çünkü ben hep belgesel izliyorum! Şaka şaka, evimde kablolu yayın yok, daha doğrusu ona ayıracak param yok. Babam, "Söz, annene söylemeyeceğim, gizli gizli yatıracağım, taktır" diyor ama hayır, inat ettim, beş kuruş para almayacağım kimseden. Bu işi kendim halledeceğim. Hem gündemden bihaber olmak dışarıdan çok havalı görünüyor. Mesela, en son bankanın altın çocuğu ile barda fingirdeşirken bana popüler kültür ile ilgili birkaç soru sordu ve alakam yoktu, cidden havalıydım.

Akşama doğru, Etiler'e geçtim. Ekibi tembihledim, tüm basına haber yolladım. Haydar Abi ile kısa bir durum değerlendirmesi yaptık, kendisi çok dertliymiş, bugün mü gelinirmiş, kış mevsimiymiş, keşke baharda gelselermiş, o zaman etlerin en lezzetli olduğu dönemmiş, bir saat dert yandı. Bir an anneme hak verdim. Elim telefona gitti, "Harika, bana iş bul" diye ama tuttum kendimi. Tekrar hatırlatmakta fayda var; benden öyle bir şey olacak ki, herkes benden bahsedecek. Ama tek başıma başaracağım! Benden ne olur? Bekleyin, az kaldı ya da kalmadı.

Haydar Abi ile inanılmaz önemli toplantımızdan sonra, akşama hazırlık olması açısından kuaföre gittim. Üstümden şu yorgunluğu alsın istedim, bir de insana benzemek önemli sonuçta. Bir duş alıp, bir allık sürüp güzel olan kadınlardan olmayı çok isterdim. Benim kuaförde en az bir saat geçirmem lazım o seviyeye ulaşmam için. Kuaföre akşam için brief'imi vermiştim. Ama o her kuaför gibi brief'imi tamamen yanlış anlayıp başladı bukleleri sarmaya. Adamı durdurup düz föne ikna etmek için gerçekten çaba sarf ettim. Sonunda ikna ettim ama ikna edemediğim nokta saçımın rengi oldu bu sefer de. Kuaförüm, saçımı daha önce boyayan kuaförün kahverengi tonunu kesinlikle tutturamadığını söyledi. İçine az ateş kızılı koymadan nasıl kahveye boyadığı hakkında hem kendini öven hem de diğer kuaförü gömen milyon tane şeyi tüm fön boyunca anlattı. Fönü bitince, saçımın doğal rengi olduğunu, daha önce hiç boyatmadığımı söylediğimde sanki biraz önce o kadar lafı kendisi söylememiş gibi, "Araya birkaç ışıltı attık mı çok güzel olacak bu saç, zaten çok kaliteli" diye konuşmasını bitirirken benden beklediği bahşişi alamayacağını anladığını düşünüyorum.

Akşam Et Lounge yavaş yavaş dolmaya başladı. Hiçbir müşteri ile ilgilenmiyordum; tek düşündüğüm, on dört numaralı masa ve gelecek pek ünlü konuklarımızdı. Basına da çıkış saati gelmelerini tembih ettim, sonuçta sarhoş çıkarlarsa daha iyi malzeme verirler, o haftanın magazin haberlerinde daha çok yer alırdık.

Ekip yavaş yavaş gelmeye başlıyordu, ben de en havalı halimle ortama hâkim olup buraların patronu benim edasıyla ortalıkta dolanıp, servis elemanlarına yalandan direktifler veriyordum.

Tam o esnada, ekipten biri elindeki koca karışık kebap tepsisini yere düşürdü. Tam da ayağıma!.. Tebrikler ekipten biri! Apar topar eğilip yerdekileri toplarken, önümde bir çift ayak belirdi. Normalde, "Ayı oğlu ayı, görmüyor musun!" diyecek ben, işte olduğumdan nazikçe kafamı yukarı kaldırmakla yetindim. Yetinmez olaydım, eğilmez olaydım, o gün işe gitmez olaydım, hatta bu işe girmez olaydım. Soner, evet Soner, son erim tam da orada, yukarıdan, Kafdağı'ndan bana bakıyordu ve ben de tıpkı evim gibi dünyanın merkezinden ona!

Bir anda toparlandım ve üniversiteden hatırladığım tek cümle ile dikleştim! Uluslararası Philadelphia Bildirgesi Bölüm 1, Madde 1: "Emek mal değildir." Hiç istifimi bozmadan, sakince selam verdim, masasını sordum, daha cevap alamadan adamı bir anda müşteriler çevreledi fotoğraf çektirmek için. Fotoğraf çemberinin dışına atılmamla olayı algılamam saniyelerimi aldı! Benim Soner, *Efsane Yüzyıl*'da oynuyormuş! Bayağı ünlüymüş ama bayağı!

Hayranlarından sıyrılıp masasına oturdu, ben de arkadan onu izledim ve o an hayatımla ilgili inanılmaz önemli kararı verdim, yarın ilk iş kablolu TV bağlatıyorum. Aç kalırım ama Soner'imi izlerim! Nokta. Size daha önce de söylemiştim, hayatta hiçbir şey hayal ettiğiniz gibi olmuyor. Ne kadar bomba hayalleriniz olursa olsun, gerçek "laps" diye yüzünüze vuruyor. İkinci karşılaşmada toparlarım dediğim durum daha da beter bir hal aldı.

Acaba, Pucca kitaplarındaki gibi ne kadar rezil duruma düşersem düşeyim kahramanımız bir şekilde bende, benim bile göremediğim şeyi görecek miydi? Yoksa her şey, hiçbir şey olmadan devam mı edecekti? Ben tüm bu düşüncelerle boğuşurken, mekâna bir at girdi! Gerçekten bir at! Ve bilin bakalım bu at kimin yanına oturdu?

Gece uzadı, ben yoruldum. At ve Soner yakınlaştı. Ben sıkıldım, hayal kurmayı bıraktım, taksiye bindim, Harika'ya mesaj attım:

"Harika naber? Galiba benim artık ciddi bir işe ihtiyacım var."

Off ağlamaktan nefret ediyorum!

BÖLÜM 7

Kusura Bakma Nil, Ne Çocuk Ne de Kariyer Yapacak Halim Var...

Her şeyin hayatımda değil de kafamda değişmesinin üzerinden kaç ay geçti bilmiyorum. Dışarıdan baktığında çok da önemli görünmeyen ama muhtemelen algıların açık olduğu bir an gelir ve tamam dersin, ben bir şeyleri değiştireyim. Öyle bir aydınlanma yaşadım galiba. Bu aydınlanma dışarıdan bakıldığında çok havalı ya da Ayşe Arman röportajlarına konu olacak kadar önemli değildi ama bana kadarlıktı işte... Bu da şimdilik bana yeterdi.

Mesela istifa ettim, taşındım, yeni işe başladım. Bu süreç içinde Soner'i de sadece televizyonda gördüm. Taşınırken çok umutluydum görürüm diye ancak apartman görevlisinden aldığım derin bilgiye göre, çalıştığı dizinin platosu benim eski evin yanındaymış ve geç saatlere kadar çalıştığı için bazı geceler eve dönmek yerine orada kalıyormuş. Düşünsene, benim kablolu TV bağlatamayacak kadar çok para verdiğimi düşündüğüm evi adam arada uyumak için kullanıyor, sonra yanında neden at var... Acaba neden böyle bir algı var, çok paran varsa mutlaka yanında güzel kadınlar olur. Hele bir de bu para şöhretten, yakışıklılıktan geliyorsa normal bir kadını, bir kadın olarak bile yanına yakıştırmıyorsun. "Külkedisi"nde bile kız aslında önceden zengin, belki de prensesmiş. Yani alelade bir

istiyorum. Neden onca reklam, satın alma, neden bu kadar gözümüze sokma? Biz kadınları bi rahat bırakın arkadaşım, Allah aşkına... Durmadan üzerimize bir şeyler atmaya çalışmayın! Siz bizim üzerimize on tane etiket yapıştırmaya çalıştıkça biz kendimizi daha da yetersiz hissediyoruz! Bu konu yıllar boyunca canımı sıkmaya devam etti. İleride anlarsınız. Arada sinirlenip yine bu konulara değinebilirim.

Yeni işim ve evim bana tam da bu düşüncelerle geldi. Kim ne derse desin Haydar Abi'nin pişirdiği eti satmakla rimel satmak arasında hâlâ bir fark görmüyorum ve ne yazık ki eve servisle dönüyorum. Sana da selam olsun Amerikan sakız şirketinde çalışan loser, artık ben senim, sen de ben!

Bunca sorgulama arasında evimi size anlatmadım. Evime âşığım, seksenli yıllarda yapılmış bir apartman dairesi, Atatürk Caddesi'nde. İki odası var, birini yatak odası, diğerini giyinme odası yaptım. Salonumda yemek masam bile var. Henüz o kadar insan gelmese de salonumda yemek masası olması bana güven veriyor, sanki evde hep birileri varmış hissi... Kocaman bir L koltuğum var, beyaz. Koltuğumun tam köşesine denk gelen camda kocaman bir çınar ağacı var, çınar ağacı olduğundan emin değilim ama bana öyle bir his veriyor. İşten çıkıp eve geliyorum koşa koşa, dışarıdan yemek söyleyip tam o köşeye geçiyorum, en sevdiğim şarkıyı açıyorum. Bu aralar Strong FM'de sürekli çalan bir şarkı, ismi "I Don't Wanna Dance". Lady Inn diye bir kadın söylüyor. O şarkı eşliğinde yemeğimi yiyip caddeye doğru yürüyüşe çıkıyorum, Starbucks'tan kahve alıp yine aynı şarkı eşliğinde evime dönüp televizyon izliyorum, en geç on birde uyuyorum. Bu rutine bayılıyorum. Zaten bahar aylarının en güzel yanı bu bence, ne kadar mutsuz olsan da illa ki içinde kıpırdayan bir şey var.

Yine bir akşam, işler biraz fazla uzadı, hatta epey uzadı. Saatin farkına bile varmamışım, ofisten çıktığımda saat epey geç olmuştu. Taksiye atladığım gibi caddeye gittim, saat on birden sonra Suadiye'de dolmuşların kalktığı yere efsane bir köfteci geliyor. "Madem bu kadar çalıştım, o köfteyi hak ettim" dedim ve oraya doğru yol aldım. Ekmek arası köftemi söyledim ve beklemeye başladım. Daha yeni geldiği için kimsecikler yoktu, köfteci abi siparişimi hazırlamaya başladı. O esnada, siyah camlı, markasını telaffuz edemediğim bir araba yanaştı. Zaten köfteci abinin raconu bu, arabayla yanaşır, köfteni alır ve olaysız dağılırsın. Arabayı bırak, bisiklet alacak param olmadığı için ben köşede sakince bekliyordum.

Köfteci abinin çırağı koşarak gitti arabaya, siparişi aldı. Ben diyeyim bir dakika sonra siparişi hazırlanıp pahalı arabadaki kişiye verildi. Köfteci abiye baktım, "Çok acelesi varmış kızım, iki dakika bekleticem seni" dedi.

Bakın, o an kanın beyne sıçraması deyimini birebir yaşadım, o andan sonrası artık cezai ehliyeti olmayan bir insanın yapacağı türden şeylerdi. Artık nasıl bir birikimse, bir anda, "Zengin her yerde zengin, sırf arabası son model diye mi veriyorsunuz, yazıklar olsun size!" gibi cümleler kurarak arabaya doğru yürüdüm; arabadaki pis kapitalist, köftemi ellerine aldığı anda tutup çekmem bir oldu. Camı yarım açtığı için biraz zor oldu tabii ama köfte ekmeğimi, hakkım olanı almıştım bile! İşte bu emekçi arkadaşım, her zaman hakkını arayacaksın! Köfte ekmeği aldığım anda, cam tamamen açıldı. Evet, Marksizm'in doruklarından bir aşk filmi sahnesine düşmem saniyelerimi aldı. Karşımda kanlı canlı, Soner! Bana bakıyor. İki seçeneğim var; sıçtım, sıvayacağım ya da öylece bırakacağım. Öylece bıraktım, tek dediğim, "Kusura bakmayın ama bu köfte benimdi ve ben çok açım, iyi akşamlar" oldu. Arkamı döndüm, yürümeye başladım. Zaten ne yapabilirdim ki? Bir anda arkamdan bir ses duydum. "Kesin Soner arabadan indi, özür dilemeye geliyor peşimden" diye düşünmeme bile izin verme çırak, tamam mı!

"Abla, tamam köfte senin de parayı vermedin!"

Ohh şimdi de emek hırsızı oldum. İnsanoğlu kuş misali, mecburen geri döndüm, parayı ödedim. Kafamı çevirdiğimde Soner bana bakıyordu, paşam arabadan inme zahmetine bile katlanmadan, ki öyle arabam olsa ben de inmezdim, laf attı:

"Üçüncüde köfte ekmeği benden alamazsın ama!"

Kerata nasıl da güzel gülüyor! Neyse, konumuz bu değil.

"Üçüncüde bence sen de anlamış olursun açken benden uzak duracağını, iyi akşamlar."

Bir anda nasıl bu kadar havalı oldum, nasıl bu cümleyi kurdum, hiçbir fikrim yok. Galiba adamın benim için ölü yatırım olduğuna inandığımdan böyle davrandım. Tabii, o an havalı gelmişti, şimdi bakınca *Bir Delinin Hatıra Defteri* kıvamında bir cümle kurmuşum.

O gece, kendimce dünyanın en havalı kızı olduğuma inandıktan ve karnımı doyurduktan sonra hemen kulaklıklarımı taktım, şarkımı açtım ve yolda yürümeye başladım.

"I don't want to dance
Dance with you baby no more
I'll never do something to hurt you, though
Oh but the feeling is bad
The feeling is bad"

Aylar sonra kendimi gerçekten ama gerçekten çok iyi hissetmiştim, keşke köftenin yanına ayran almayı akıl etseydim. Şimdi, her normal kadının yapacağı gibi en yakın arkadaşıma iştahlı bir şekilde olan biteni anlatmak kalmıştı.

BÖLÜM 8

Yaşasın Arkadaşlık!

O akşamdan sonra Gamze ile uzun uzun telefonda konuştuk. Benim bunalımda olduğuma inanıyordu galiba. "Senin biraz değişime, eskiye dönmeye ihtiyacın var" dedi, "Hadi bu cumartesi çıkıyoruz." Gamze'ye baksanız, tam bir bankacıdır ama içinde bir Beyonce yaşıyor bence! Parası yetse, her akşam dışarı çıkar, deliler gibi dans eder.

Cumartesi akşamı, her zamanki gibi Beyoğlu'nun en sonunda, yani Asmalı Mescit'te başlayan eğlencemiz adım adım sürecek ve Beyoğlu'nun başında, Bambi'de bitecekti.

Beyoğlu, o zaman Beyoğlu'ydu. Bu cümleyi kuracağımı kırk yıl düşünsem akıl edemezdim. Evet, dedelerimiz zamanında herkes takım elbiseleriyle dolaşıyordu ama bizim zamanımızda da fena değildi, kadın erkek fark etmeden herkes elinde içkisi, dilinde şarkısı saat kaç olursa olsun Beyoğlu'nda dolaşırdı. Önce Küçük Otto, Hayal Kahvesi, Line, belki de Yan, ama en son mutlaka Bambi.

Her zaman olduğu gibi buluşmaya erken gelmiştim. Buluşmalar hakkında ciddi bir takıntım var. Geç kalmaktan ve bekletilmekten nefret ederim. Gamze de tam tersi, her yere her zaman geç gelir. Muhteşem arkadaşlık uyumumuza rağmen bu konuda devamlı kavga ediyoruz. Aslında, mekâna önce gelmeye bayılıyorum. Hemen içkimi sipariş edip ortamı incelemeye başlıyorum. Kim kimle ne yapıyor, nasıl muhabbet ediyor, hepsini gizli gizli takip ediyorum. Daha içkimi bitirmeden tarihte bir ilk yaşandı ve Gamze buluşmamıza tam zamanında geldi. Yanında Masal diye bir arkadaşı vardı. Çocukluk arkadaşıymış. Tatlı bir kız ama hep memnuniyetsiz sanki. Komik bir memnuniyetsizlik aslında, beni eğlendirdi. Küçük Otto'nun köşesine geçip muhabbete başladık, Masal da ünlü bir araba markasının pazarlama departmanında, ama senior'mış, yani kıdemli. Benim gibi vakit kaybetmemiş, işi kuralına göre oynamış. İşini de çok seviyor. Bir de sevgilisi var. Mutlu mesut yaşayıp gidiyorlar.

Üçüncü içkilerde artık bayağı açılmıştık. İş güç muhabbetini bırakıp daha eğlenceli olan erkek konularına geçmiştik. Ben hemen Soner'den bahsetmeye başladım, Masal yıllar yılı sürmüş samimiyetimize(!) dayanarak benim bir geri zekâlı olduğumu söyledi. Bu kadar ünlü bir adamı hayatımda zaten kaç kere görebilirmişim, adam kamu malıymış, neden en son gördüğümde muhabbetti artırmamışım, o gece evde bitermiş falan filan...

Aslında, sarhoş kafayla düşününce cidden mantıklı geldi ancak artık çok geçti. Bir daha Soner'i nerede görürüm, hadi gördüm, yanında kesin bir at olacak. Köftecide mi yatsam, yemeği her gün orada mı yesem? Çok mu belli olur? Aman neyse, gece uzun, hayat güzel, çevrede at olduğu kadar denizde balık da var! Ben biraz bakınayım. Tam gaza gelmiş balıklara bakmaya başlamışken önümde bir ışık belirdi. Yüzünde kocaman bir gülümseme ile Harika! Yanında da Burcu Abla. Evet, Harika'ya abla demeyip Burcu'ya abla demem size de saçma gelmiş olabilir. Ama Burcu Abla ile ben on bir yaşındayken tanıştık, o zamanlar Harika'ya da abla diyordum. İkisi de lisedeydi, doğal olarak o dönem için benden dağ gibi büyüklerdi. Sonra sonra Harika'ya abla demekten vazgeçtim, neden bilmiyorum ama Burcu Abla öyle kaldı. Ablam gibi olduğundan değil, daha çok ismi artık bana öyleymiş gibi geliyor.

Harika çok nadir içki içer, şaşırdık mi? Hayır! Ama içtiğinde bence içinde hep sakladığı şahane insan gün yüzüne çıkar. Herkesle konuşan, gülücükler saçan, sarılıp öpen...

Hemen yanımıza geldiler, gece dışarı çıktığında ne kadar

çok kız olursan o kadar çok eğlenirsin. Asla değişmeyen kuraldır! Bizde de öyle oldu, Küçük Otto'dan çıkıp Hayal Kahvesi'ne doğru yol aldık. Harika ile sarmaş dolaşız, biraz önden yürümeye başladık. Harika, bana dönüp bir anda dökülmeye başladı.

"Bazen gösteremiyorum, biliyorsun, ama seni çok seviyorum ve seninle gurur duyuyorum. Herkes seni bir kalıba sokmaya çalışıyor, bazen ben de dahil oluyorum ama asla o kalıba girmiyorsun. Evet, benim gibi önemli işler peşinde değilsin ama günün sonunda sen de kendini kurtarıyorsun."

"Günün sonunda sen de kendini kurtarıyorsun" mu? Lan sikik! İnsan ablasına sikik der mi? İçinden der. Benim de bir hayalim vardı, onun için uğraşıyordum, belki ben bardan kazandığım paraların bir bölümünü Afrika'daki çocuklara verecektim... Kovdun ya beni evden! Ne yapsaydım? Sarhoşken bile alttan alttan laf sokmaya bayılıyor. Haa ayrıca, ben bu işi yapmasam, küresel sermayeye katkıda bulunmasam sen bok bulursun o eğitim için harcadığın paraları! Büyük şirketler o kadar çok kâr sağlıyor ki, bir şekilde vergiden yırtmak için sosyal sorumluluk projelerine adıyorlar kendilerini. Yani, ben o rimeli çok sattırmasam sen Afrika'da ulvi işleri bok yaparsın!

Tüm bunları hep içimden söyledim. Gece çok güzeldi, sonu aile terapisinde bitecek bir sohbete girmeyi gerçekten istemedim. He he dedim, geçtim gittim. Zaten Hayal'in önüne gelmiştik.

Beş kız olunca dünyanın neresinde olursan ol, mekân ne kadar kalabalık olursa olsun içeri girersin. Biz de otuzar lira verip Hayal'e girdik. Kadın ve erkeğin hiçbir zaman eşit olmadığı dünyada tabii ki gece hayatında da denge yok. Hızlıca baktığınızda erkeklerin topluca bir yerlere yanlarında kadın olmadan girememeleri havalı görünse de aslında bunun tek nedeni bol kadının, hele ki yanında erkek olmayan kadının olduğu mekânların her zaman cazibe merkezi olması. On erkek giremez ama iki-üç erkek bir mekâna dış görünüşleri bir tık düzgünse girebilir. Mekânda çok kadın varsa bu onları oraya bir daha getirecek ve daha çok içmelerini sağlayacaktır.

Tüm bunlar ışığında duyar kasacağım son yer bir bar kapısıdır açıkçası. Hele ki favori grubum o akşam çalıyorsa!

Soul Stuff en sevdiğim grup... Hemen itiş kakış önlere geçmeye çalıştık, en rahat hep en önde dans ediliyor Hayal'de. Ben en arkada kaldım, tam birine pardon diyeceğim, dünya durdu, Soul Stuff sustu, Emel Sayın dile geldi. "Yalnız benim için bak yeşil yeşil." Soner! Gerçekten o! Dibimde, bana bakıyor. Köfte ekmek yok, yere dökülen karışık ızgara yok, ben varım, son anda tazelediğim kırmızı rujum var, göbek dekoltem var, topuklu ayakkabılarım ve Soner var! Hemen çevresine bakıyorum, ne olur bir at olmasın, ne olur bir at olmasın... Emel Abla, ne olur bir at olmasın. At yok, kesin bilgi, at yok! Hâlâ bana bakıyor, kızlar en öne geçmiş bile, ben sakince gülümsüyorum, ilk cümle ondan gelsin diye bekliyorum.

Gelmiyor, evet gelmiyor, Emel Sayın susuyor, Soul Stuff başlıyor, "Hit the road Jack, don't you come back more no more..." O da yalandan bi gülüyor, ben öne geçiyorum. O andan itibaren iki seçeneğim var, ya kızlara anlatıp olayı büyüteceğim ya da bir iki shot içip dans edecek ve gecemi bok etmeyeceğim. Ortamın verdiği enerjiye kendimi kaptırıyorum, garsona el işareti ile beş yapıp kafana göre takıl diyorum!

Beş viski shot geliyor, ben söylediğim için maaşımın dörtte birini shot'lara veriyorum, dans etmeye başlıyoruz. Herkes sırayla shot söylüyor ve hepimiz deli gibi zıplıyoruz. İşte tam bu esnada her şeyi unutuyorum. Hayallerimi, hayal kırıklıklarımı, Soner'i. Sadece o anda kalmak istiyorum. Herkes alkolün insanları deli gibi eğlendirdiğini düşünür ama ben öyle düşünmüyorum. Hani bir laf vardır ya "Müzik cevaptır" diye, tam da öyle. Doğru zamanda doğru müziği dinliyorsan, hayatında olan biten her şeyi bir kenara bırakıp dans edersin, etmiyorsan ve unutmuyorsan emin ol yanlış şarkıyı dinliyorsun! Gözlerini kapatıp sesi, ritmi duyarsın. Müzik seni o kadar iyileştirir ki sen ona ihtimal vermez, "Alkol unutturur" der geçersin. Galiba hayatımın en acayip anlarında yanıma birilerinin gelmesi küçükken Ally

McBeal'i çok izlemiş olmamdan değil, müziğin bir şekilde beni toparlamasından...

Soul Stuff sahneden indiğinde artık havaya girmiştik ve bizim için gece daha yeni başlamıştı. Yan'a mı Line'a mı diye oylama yaptık ve Line kazandı. Ama çıkmadan son defa bardan shot almalıydık. Tuncay Abi, Hayal Kahvelerinin başında olan müthiş insan, "Kızlar, son içkiler benden" dedi. Bizde bir bayram havası, barda dizildik. Shot'larımızı içerken solumda Soner belirdi. Evet, yine müzik sustu ve Emel Abla geldi. Sağımda kızlar bana bakıyor, tabii Harika ve Burcu Abla olaydan habersiz, Masal ve Gamze'nin yüzünde ise kocaman bir gülümseme...

"Hadi sana köfte ekmek ısmarlayayım, hem bu defa iki tane söyleriz, kavga çıkmaz."

Galiba öleceğim. Odaklanamıyorum, adam çok yakışıklı. Yok, ağzımdan cümle çıkmıyor. Susuyorum, mal gibi adama bakıyorum.

"Emel Abla, ne olur sen bir şey söyle" diye sessizce ona döndüm. Kulağıma, "Gece burada bitmez Sertab" dedi. Ben şok, bak sen Emel Abla'ya, partici çıktı. Emel Abla'dan aldığım gazla cevap verdim:

"Yok ya, biz daha eğleneceğiz, hadi görüşürüz. Zaten romantik komedi filmlerinde gibiyiz, elbet gene karşılaşırız" dedim ve yürümeye başladım.

Dışarı çıktık, Masal yanıma geldi.

"Sertabcığım, biliyorum daha bugün tanıştık ama bana seni tanıyacak ipuçlarını verdin. Sen hakikaten geri zekâlısın!"

Adamla üçüncü karşılaşmamız, daha iki cümleyi geçemedik ve galiba bu benden ötürü.

Açıkçası, yine alkolün bana vermiş olduğu yetkiye dayanarak çok da takmıyorum. Bu gece hüzünleri evde bıraktım. Üstelik adamı görünce içimden başka biri çıkıyor. Resmen sanki repliğim önceden yazılmış gibi. Ayrıca kabul edin, son cümlem çok havalıydı.

Line'a geçtik, ismini asla bilmediğim bir grup ve içerideki (bizle beraber) yirmi kişiyle dans etmeye başladık. Duman'dan Athena'ya, tamamen Türkçe, arada arabesk yorumlar derken gerçekten kendimi muhteşem hissettiğimi fark ettim. Ama artık salgıladığım adrenalinin yerini yine açlık aldı, kızlarla oradan ayrılıp kendi mutlu sonumuza doğru yola çıktık! Bambi! Yolda yürürken ve gülerken kızların yüzlerine baktım, evet Soner'le bu akşam bir şey olmadı fakat çok tatlı arkadaşlarım oldu. Gerçi Harika ve Burcu Abla uyanınca aynı şeyi düşünür mü bilmiyorum ama bir kız grubuna sahip olmak şahane bir duygu. Şu kısacık zamanda bile bunu hissettim. Bu akşam Harika'yla da başka bir seviyeye geçtiğimizi hissediyorum. "Şefkat" iki kız kardeşin birbirine duyacağı en derin duygu. Zor oluyor ama yavaş yavaş hissediyorsun.

Yolda yürürken Burcu Abla, midesinin çok bulandığını söyleyip Harika'yı da alıp eve gitti. Biz üçümüz Bambi'ye gittik. Kapıdan içeri girmemizle benim Soner'le göz göze gelmem, Gamze ve Masal'ın sanki o bizi görmüyormuşçasına benim oramı buramı sıkıştırması bir oldu. Sonra, Masal yavaşça kulağıma eğilip, "Bu sefer de mal mal konuşursan bu adamı unut" diyerek yeterli miktarda gazı bana yüklemiş oldu. Gazımı almışken bir anda mekândaki floresanları fark ettim. 21. yüzyılda bu neyin inadı, neden bunu bize yapıyorsunuz? İçki sonrası bir insanı daha kötü gösterecek bir şey yok. Adam bu ışıkların altında beni görünce kesin, "Ohh iyi ki bir şey olmamış" diye düşünüyordur. Hemen arkamı dönüp çıkmayı bile düşündüm. Lakin yapacak bir şey yok, girdik artık içeri. Arkam dönük oturdum ki daha kötü bir izlenim bırakmayayım. Canım deli gibi köfte ekmek istiyor ama subliminal mesaj olur kaygısıyla domates çorbası söyledim. Çorbalarımızı içerken Soner bir anda, Gamze ve Masal'a merhaba deyip yanımıza oturdu. Bana döndü, "Line'a mı gittin?" dedi, "Evet" anlamında kafamı salladım.

"Off, ben kesin Yan'a gidersin diye düşünmüştüm, Allah'tan son nokta burası, o kesindi. Seni bekliyordum, lakin dönem dizisinde oynuyorum ben, romantik komedi formatı çok yok bende" dedi.

Ahh be Soner'im, bir bilsen, bu replikler hep romantik komedi...

"Neyse..." diye devam etti, "Sabah erken setim var ve bu saate kadar seni bekledim. Telefon numaranı alıp gideceğim" dedi ve telefonunu uzattı. Hiçbir şey demeden telefon numaramı yazdım, bir de onu öpmeyi çok istedim ama bu kadar dayanmışken biraz daha dayanabilirdim. Herkese iyi geceler diledi, çıktı gitti.

Hemen akabinde garson elinde köfte ekmekle geldi.

"Sertab Hanım, Soner Bey size vermemi istedi."

Yok yok, ben kesin romantik komedideyim... Acaba beni kim oynasa?

Tabii ki Jennifer Lopez!

BÖLÜM 9

Benden Gelin Olur

O akşamdan sonra, her şey olması gerektiği gibi gitti, yani o kadar olması gerektiği gibi gitti ki, tam da "çok güldük, başımıza bir şey gelecek" gibi... Ama gelmedi. Gerçekten, her şey muhteşemdi. Evet, di'li geçmiş zaman kullanmamdan bir yerde büyük patladığımı anlamış olmanız lazım. Ama en azından bu bölümde konumuz asla bu değil.

Hayatım tamamen "bir şeyler olmak" üzerine evrildi. Bunda ailemin ve eğitim sistemimizin büyük payı olduğunu düşünüyorum. Çocukluk döneminde birey olmayı öğretmeden, hemen koca koca hedefler koyuluyor hepimizin önüne. Biz de durmadan bir şeyler olmaya çalışıyoruz, insan olmadan önce. Sonra ne oluyor, muhteşem eğitimli ve sosyal statülü hanzolara dönüşüyoruz. Çevrenize bir bakın, herhangi bir annenin ya da babanın çocuğundan bahsederken, "Çok iyi bir insandır" dediğini gördünüz mü? Ben görmedim. Bebeklikte bile, "Benim kızım hiç üzmedi beni, çok iyi yedi, uyudu" der bir anne. Biraz büyüyünce sınavlar girer hayatımıza, "Şöyle güzel bir okulu kazandı" der anne. Son olarak, "Doktor benim kızım", "Aa benimki de mühendis" konuşmaları döner.

Tüm bu baskılar beni de etkiledi, ama nedense sadece etkilemekle kaldı. Neden böyle yazdığımı bu yaşımda hâlâ ne olacağımı bilemememden anlamış olduğunuzu tahmin ediyorum.

Geçmişte bir Harika'ya bir anneme bakıyordum, önümdeki iki kadın da hedeflerine hep dosdoğru yürüyordu. Bense bir türlü hedef belirleyemiyordum. Akışına doğru, yolda işime ne gelirse hedefimi ona göre belirliyordum.

Son zamanlarda iyiden iyiye evlenmeye taktım. Evlilik derken genel bir evlilik değil, Soner'le evliliğe taktım. Her şey o kadar iyi ve olması gerektiği gibi gidiyordu ki, evlilik hedefim haline gelmişti. Fonda işim devam eder, sıkıntı yok.

Sonuçta muhteşem hayatımı rutin olarak anlatabileceğim bir ortamım olmalı. Düşünsenize, "Ünlü oyuncu Soner'in eşi Sertab Bal kariyerinden vazgeçmedi. Uluslararası kozmetik firmasında üst düzey yöneticilik görevini yürüten Sertab Bal, her gün işe servisle gitmeyi ihmal etmiyor." Zaten, yerli dizi yersiz uzun Soner'i evde beklemekten içim çıkacağına boş zamanımı değerlendiririm. Bunları bu kadar açık ve net söylemek nasıl garip geliyor değil mi? Ama öyle, çalışmak amaç olmasın, bir kere de amaç mutlak mutluluk olsun. O mutluluğun da nasıl istendiği sorgulanmasın.

Eskiden evlenip işi gücü bırakan kadınlar hakkında konuşurken, mesela "Robert mezunu, üstüne Boğaziçi'ni bitirmiş ama ev hanımlığı yapıyor" cümleleri dönerdi aramızda. Gömerdik o kadınları delice. O kadar kariyer, eğitim, neden yani?.. Bir işe yarasan, üretsen, katma değer yaratsan dünya için...

Şimdi düşünüyorum da, bazen insan sadece kendisi için katma değer yaratmak isteyebilir. İlla herkes Harika gibi insanlığa harika işler bırakmak zorunda değildir; bir başka deyişle, öyle hissetmek zorunda bırakılmamalı bence.

Hani bir söz var; "Herkes kendi kapısının önünü temizlese dünya tertemiz olur" diye. Bu, insan hayatları için de geçerli, herkes kendi iç dünyasında el âlem ne der kaygısı olmadan mutlu olabilse, tam da ne şekilde istiyorsa o şekilde yaşayabilse, dünya şahane bir yer olabilir.

Bu afili sözlerimi nereye bağlayacağımı düşünüyorsanız hemen anlatayım, ben iç huzuru Soner'de buldum.

Benden illa bir şey olması gerekiyorsa bırakın benden de gelin olsun!

Gelin olmak tek başına yürütülen bir eylem olmadığına göre, bu işe el atmam gerekiyordu. Bu tek başıma altından kalkacağım bir iş olmadığı için hemen kızları topladım. Dışarıya son çıkışımızdan bu yana sıkı fıkı olmuştuk. Düşünün Harika'yla da!

En sevdiğimiz ve genelde Galatasaraylıların maç öncesi toplandığı Tahtasaray'da buluşmaya karar verdik. Buranın kaburgaları bir harika dostum! Ben Fenerbahçeliyim ama Soner'im Galatasaraylı. Kızlar tüm akşam konu nereye giderse gitsin bir şekilde Soner'e bağladığımdan bahsetti. Onlara, size de anlattığım düşüncelerimi ifade ettim, temelimi mantıklı bulmakla birlikte üç aydır tanıdığım bir adama bu kadar anlam yüklememe akıl erdiremediler. Bence gerçek aşktan bihaberler.

Asıl konuya geçtim.

"Hepiniz bambaşka kafalarda, hayatlarda kadınlarsınız. Bu gece burada hepinizin fikrini alıp bir konuyla ilgili yolumu çizmek istiyorum!"

Herkes gerçekten pürdikkat beni dinliyordu, masada kimse hareket etmiyor, hatta gelen etli çiğ köftenin bile suratına bakmıyordu. Emin olun, bu çok önemli bir durumdur.

"Ben Soner'le evlenmeye karar verdim. Fakat henüz hiç konuşmadık bu konuyu ama insan hisseder ya, ben hissediyorum ki, o da istiyor. Sadece istediğini bilmiyor. Bu konuda bana nasıl yardımcı olabilirsiniz? Yani çok sağlam bir algı yönetimi yürütmem lazım. Evlenmek istediğimi asla belli etmemem gerekiyor. Yani, o sansın ki, ilk o istiyor benimle evlenmeyi, benim aklımda bile yok. İşte bu konuda ciddi bir şekilde yardımlarınızı bekliyorum."

Konuşmam biter bitmez beş-on saniyelik bir sessizlik oldu ve herkes bir anda çiğ köfteye yöneldi. Masadaki çiğ köfte bir anda benim evliliğimin önüne geçti. Gerçekten nasıl olur bu? Sanki biraz önce hayatımla ilgili o kadar önemli bir karardan bahsetmemişim gibi bütün masanın tüm dikkati çiğ köftede. Limonlar sıkılıyor, lavaş alışverişleri yapılıyor. Ama kimse konuşmuyor.

Nihayet, Gamze ağzı yarı çiğ köfte dolu halde konuşmaya başladı:

"Kızım, Soner senin ayaklarını yerden kesti ama yere çok kötü çakılacaksın. Unutma, bu adam çok ünlü, eski sevgililerini bir Google'ladın mı, ben yaptım çünkü. Yirmi Google sayfası. Neredeyse 'Did you mean Hugh Hefner' çıkacak. Kendine gel, geçirdiğin günlerin tadını çıkar ama kendine lütfen daha mantıklı hedefler koy. Unutma, iç huzuru bir metaya ya da başka birine bağlamak kendine yapabileceğin en büyük kötülük. Şimdi tam olarak ne dediğimi anlamayacaksın ama emin ol, zamanla, beynin ağrıdan zonklarken anlayacaksın."

Tam Hugh Hefner derken ağzındaki çiğ köftenin bir bölümü gözüme girdi. Şaka yapmıyorum, gözüme girdi. Ağzındakini bile bitirme zahmetine girmedi.

Sonra bir anda, masada sanki ben yokmuşum gibi, Masal, Harika'ya döndü:

"Sen iyi bilirsin, küçükken bunu bir yerden mi düşürdünüz?"

O demir leydi Harika bile ağzında çiğ köfteyle kahkahalara boğuldu.

"Aslında bir kere ranzanın tepesinden düşmüştü, galiba o yüzden böyle oldu bu çocuk."

Burcu Abla devam etti:

"Ay Harika, hatırlar mısın, bir kere de yüzme yarışmasında kafasını havuzun duvarına çarpmıştı."

Artık çiğ köfteler havada uçuşuyor, o hanım hanımcık kadınlar, hanzolar gibi gülüyordu. Evlilik kararım resmen günlerini şenlendirmişti. Çok bozuldum ama gözüm bir yanda da çiğ köftedeydi, bunlar beni gömerken bitirmesinler diye hemen bir tane de ben ağzıma attım ve oyunu kuralına göre oynamaya başladım.

"Siz hiç âşık olmamışsınız bence!" dedim. Aklıma başka bir şey gelmedi, ayrıca çiğ köfte her zamankinden daha acıydı! Off yaaa konu nereden nereye geldi. Saldım gitti ben de...

Harika, son olarak bana döndü ve "Sertab gerçekten ezik misin ya, birini evliliğe ikna etmek ne? Kaçıncı yüzyıl pembe dizisindensin sen? Haa doğru, Soner dönem dizisinde oynuyordu, o dönemde öyleyse demek ki..." dedi. Harika'nın bu iğrenç esprisi bile masada yine çiğ köftelerin uçuşmasına neden olmuştu. Ay gerçekten nedir benim bu köftelerden çektiğim!

Böyle düşünmelerine gerçekten inanamıyordum. Hepsi okumuş insanlardı. Algı yönetimi diye bir şey vardı. İşi kuralına göre oynarsan ve algıyı doğru yönlendirirsen o insanı lavantalı oda kokusuna çok ihtiyacı olduğuna ve onu hemen alması gerektiğine ikna edebilirsin. Evlilik de böyle, tek yapman gereken o kişiyi evliliğe ihtiyacı olduğuna ikna etmek.

Akşam gerçekten beklediğim gibi geçmedi. En çok Gamze'nin dedikleri kafamda kaldı. Gerçekten ben bu Soner'i hiç araştırmadım. En son bir at vardı yanında, o kadar. Başka bir şey yoktu. O kadar gözümün içinde ki, o kadar bende ki, aklıma bile gelmiyor geçmişi; hem bana ne! Benim de geçmişim Google'da değil ama güzel eğlendim, bayağı eğlendim ama iyi eğlendim.

Acaba bu bir ilişki kıstası mıydı? Ne kadar çok eski sevgili varsa, güven puanı o kadar düşük mü olmalıydı? Neyse, kimse bilmiyor ki biz evde neler yaşıyoruz, nasıl bir ilişkimiz var. Tam bunları düşünürken içime bir kurt düştü; evet, kimse bilmiyor. Çünkü biz hep evdeyiz. Mesela, o Google listesinde ben yokum. Kimsenin bizden haberi yok. Artık Instagram var ama orada varsa yoksa kendi havalı pozları... Hiç dışarıda yemek yemedik mesela. Bir dakika ya, neler oluyor? Taksiyle eve dönerken, evlilik düşünürken, bir anda metres hayatı yaşadığımı fark ettim.

Tüm gece evde bunları düşündüm, sonra dedim ki, beni tutan ne? O fotoğraf paylaşmıyorsa ben bir tane paylaşayım. Sonra yapamadım, ya kızarsa diye düşündüm. Neden böyle düşünüyorum acaba? İnsan evleneceğine emin olduğu insanın fotoğrafını yüz takipçili Instagram hesabından paylaşmaya neden korksun? Çok canım sıkıldı, hiçbir şey yapmadım. Yattım uyudum.

Sabah uyandığımda Soner'den bir mesaj gelmişti.

"Saat sabahın beşi, set yeni bitti, eve dönüyorum. Yolda senin şarkın çıktı. (I Don't Wanna Dance'ten bahsediyor.) Şarkı hakikaten sen, tüm şarkı boyunca seni düşündüm. Ben bu aralar zaten hep seni düşünüyorum, o şarkının sana iyi geldiği gibi, sen de bana çok iyi geliyorsun. İyi ki geldin, hoş geldin... Sakın gitme..."

Yataktan nasıl kalktım, nasıl güne başladım, o bulutların üstüne ne ara çıktım, ne ara yanıma Emel Abla geldi, biz ne zaman onunla "Mavi Boncuk" şarkısıyla düet yaptık, ne ara işe çok hastayım mesajı atıp kendimi Soner'in evine attım, yok bende. Koca bir boşluk. O gün yaşadığım hissi hayatım boyunca unutamayacağım sanırım.

Kapıyı açtı, güldü, hiçbir şey demedi, üstümü çıkardı, beni kucağına aldı ve tüm gün yataktan çıkmadık. Hâlâ detay anlatmamı bekleyen varsa biraz anatomi okusun...

En başta da söylemiştim. Benden çok iyi bir gelin olacak! Demedi demeyin!..

BÖLÜM 10

Bilemiyorum Altan, Bilemiyorum

Sekiz ay oldu, Soner'le sevgiliyiz. Size bu sekiz ayı anlatmaya kalksam emin olun çok sıkılırsınız, kitabı okumayı burada bırakırsınız. Hep birlikteyiz, her an... Şu dönemde toplasanız kızları bile üç dört defa görmüşümdür. Her boş anımız birlikte geçiyor. O işe gidiyor, ben gidiyorum, birlikte film izliyoruz, yemek yiyoruz, uzun yürüyüşlere çıkıyoruz. Her dakika öpüşüyoruz. Hayaller kuruyoruz, artık yaz kapıya dayandı. Önce Kaş'a gideceğiz, çok popüler. Belki dalmayı öğreniriz beraber. Sonra ben onu İngiltere'ye götüreceğim, okuduğum okulu, yaşadığım evi, çalıştığım barı göstereceğim; orada birlikte kokteyl içeceğiz. Hep hayaller... Gerçekten tüm hayatımı hayal kurmak üzerine devam ettirebilirim. Acaba benden hayalperest mi olacak? Öyle bir meslek dalı olsa, dünyanın en başarılı insanı olurdum.

Bu kadar çok hayalin arasında evlilikle ilgili konuşup konuşmadığımı kesin çok merak ediyorsunuz. Ne yazık ki hayır... Günler geçtikçe öğrendim ki, Soner evliliğe karşı. Hatta annesine demiş ki, "Bir gün sana evleniyorum diye gelirsem, bil ki biri bana büyü yaptırdı. Hemen beni fikrimden döndür." Umarım, ne denli karşı olduğunu net olarak anlatabilmişimdir.

Peki bendeki U dönüşü? "Tabii ki, ben de karşıyım. Ne gerek var yahu, iki insan birbirini seviyorsa başka bir şeye ihtiyaçları yoktur." Adama resmen böyle dedim. Bunu ona söylerken gelinlik modelim bile kafamda belliydi, o ayrı. Ama onu kaybetmeyi asla göze alamazdım. "Yok tatlım, kusura bakma, ben net olarak evlilik istiyorum. O zaman seni özgür çocuk, ıssız adam triplerinle başbaşa bırakayım da olaysız dağılalım" mı diyecektim. Diyemezdim, çok âşıktım. Tüm mutluluğumu ona odaklamıştım. İşe bile iş olsun diye gidiyordum. Yanımda olsun da ne şekilde olursa olsundu. İçim biraz buruk olsa da seviyordum işte, var mı diyeceğiniz!

Dizisi sonlara yaklaşırken Soner'i o zamanlar tüm Türkiye'nin deli gibi bir izlediği talk show'a konuk edeceklerdi. Onun evindeydik. "Kıyafetlerimi sen seçer misin?" dedi. Evli değiliz ama 60 milyonun izlediği programa çıkacağı kıyafetleri ben seçiyorum. Lacivert ona çok yakışıyor. Lacivert skinny bir jean gömlek seçtim. Altına 501 jean ve kendinden eskitilmiş botları. Saçları hafif dağınık, sakallarla yıkılıyor adam. Gözleri iyice ortaya çıktı. Öpüştük, gönderdim. Ben de açtım bir şişe şarabımı, kuruldum televizyonun başına. Daha program başlamadan şişe bitmişti, ben de tam kıvamdaydım. Soner'in özenle aldığı viskilerden en koyu renklisini seçtim, isli biraz. Anlıyoruz içkiden şekerim. Viskimi yudumlarken program başladı. Soner'i çağırdıklarında, ben ikinci bardağa geçmiştim bile. Muhabbet gayet iyi gidiyor, Soner gülücükler saçıyordu. Soner'in çok iyi bir espri anlayışı var. Herkesi kırıp geçiriyor. Off çok yakışıklı, televizyona dalmak istiyordum, sonra aman dedim, program bitince buraya gelecek nasılsa...

Program devam ettikçe ben iyiden iyiye sarhoş oldum, sunucu Soner'e döndü ve en mühim soruyu sordu; bu kadar popüler, yakışıklı birinin sevgilisi yok mudur yahu? Deliricem, Instagram'a bir şey koymadık ama şimdi tüm Türkiye beni duyacak.

Soner diyecek ki, "Evet sekiz aydır sessiz sakin yaşadığım çok güzel bir ilişkim var. Nazar değmesin istediğimiz için gözlerden uzak yaşıyoruz." Koltukta yerimde oturamıyorum resmen. 2002 Dünya Kupası'nda İlhan Mansız'ın attığı golden dakikalar öncesindeki heyecanı düşünün, işte tam da öyle televizyonun başında bekliyordum. İşte o an geldi, kameralar

Soner'i yakın çekim almaya başladı. Önce çapkın bir gülüş attı, yere baktı. Belli ki utandı canımın içi. Nihayet konuştu:

"Yok."

Sunucu sanki emin olamadı, bir daha sordu "Emin misin?" diye.

O da tekrar etti:

"Vallahi sevgilim yok!"

Ekrana baktım, baktım, baktım, ekran karardı, Emel Abla geldi. Ama çok güzel giyinmiş, o da lacivert giymiş. Böyle taşlı, tüylü, çok yakışmış.

Ekrandan çıktı, yanıma oturdu, viskimden bir yudum aldı ve söylemeye başladı:

"Yıllar sonra bir gün adım anılmış
Hatırlamamışsın, gücendim sana
Demek ki maziden bir şey kalmamış
Kimdi o demişsin, gücendim sana

Sana kin tutamam, laf söyleyemem
Nasıl unutursun, nasıl diyemem
Benimki yalnızca küçük bir sitem
Kırıldım bir tanem, gücendim sana

Yıllardır varlığın tek tesellimdi
Senin mutluluğun sanki benimdi
Tanınmaz bilinmez mi olduk şimdi
Kimdi o demişsin, gücendim sana

Gücendim sana, gücendim sana
Kırıldım bir tanem, gücendim sana"

Şarkıyı bitirmesini bekledim, Emel Abla'ya döndüm. "Emel Abla çok tatlı ve incesin ama ben bu herifi büyük sikerim!" dedim. Emel Abla bozuldu, eski Türk hanımefendisi sonuçta. Hiçbir şey demeden kalkıp gitti. Evde yine yalnız başıma kaldım. Bir oraya, bir buraya gidip geldim. Sinirlerime hâkim olamıyordum. Telefonu elime aldım ve şerefsize mesaj attım.

"Sikik."

Soner'in özenle getirttiği tüm viski koleksiyonunu lavaboya boşalttım, çay demleyip şişelere koymak istedim ama çok sarhoştum, yapamadım, ben de çay poşeti koydum.

Çıktım evden. Yürümeye başladım, telefonumu kapattım. İçimden sadece küfrediyordum. Kimsin lan sen, Justin Timberlake mi! Fanın sana küsüp dizi mi izlemeyecek, popstar mı sanıyorsun kendini! Yoksa piyasan mı kapansın istemiyorsun, Google'da 20 olan eski sevgili sayfanı 40'a mı çıkarmak hedefin! Bildiğim tüm küfürleri ettim içimden. Sadece küfür ediyordum ve yürüyordum... Tek isteğim eve gitmekti. O güzel ağaç manzaralı koltuğuma oturmak istiyordum, ağlamak istiyordum, çok ağlamak istiyordum. Ama çok sinirliydim, ne ağlayacağım bee, siktirsin gitsin! Ağlasam ağlasam sinirden ağlarım, aşktan değil!

Yine yanlış yola saptım, yine hedefimi yanlış belirledim. Yine yanlış yaptım. Beni yok sayan bir adama bel bağladım. Ben nasıl bu hale geldim? Hani işime gücüme bakacaktım, hani bar açacaktım ben! Hadi ondan vazgeçtim, hani kariyer yapacaktım sevdiğim, inandığım işte! Herkese bu yüzden rest çekmedim mi? Şimdi gecenin bir yarısı sokakta sarhoş, tek başıma neden yürüyordum? Hani her şey çok güzel olacaktı? Onlar da barı açamamışlardı ama güzel olmuştu her şey. Bende neden olmuyordu?.. Kafamı kaldırdım, Cem Yılmaz da benimle yürüyordu. Bana bakıyordu, nasıl naif, nasıl tatlı...

"Ben nerede yanlış yapıyorum Cem Abi?" dedim. Sonra adama neden abi dedim diye düşündüm. Soner'den 1-2 yaş büyük. Ama Cem desem de saygısızlık sonuçta. Abi iyidir.

Cem Abi bana döndü ve "Bilemiyorum Altan, bilemiyorum" dedi.

"Abi yalnız o replik Mazhar Alanson'undu" deyiverdim her

zamanki patavatsızlığımla. "Müstahak sana, ayrıca karşıya yürüyerek geçemezsin" dedi ve bir anda yok oldu.

Off bir gecede hem Emel Abla'yı hem Cem Abi'yi küstürmeyi başardın ya Sertab, helal sana!..

Bu arada Cem Abi haklıydı, eve yürüyerek gidemezdim. Taksiye binmem lazımdı. Hemen bir taksi durdurdum. Gideceğim yeri söyledim. Taksici çok tatlı bir amcaydı, "Kızım rahatsız etmezse müzik açacağım" dedi, "Aç amca, ne demek..." diye karşılık verdim.

Radyoda Emel Abla, kızgın tabii bana, sadece şarkı söylüyor, yüzünü göstermiyordu.

Şarkı çok fenaydı, "Yalnız benim için bak yeşil yeşil..."

Artık dayanamadım, böğüre böğüre ağlamaya başladım. Taksici amca yavaşladı.

"Bak kızım, belli ki aşk acısı çekiyorsun, 70 yaşındayım ben, çok gördüm geçirdim... Sana tek diyeceğim; ağla, ağlamak iyi gelecektir ama şunu unutma, her şey olacağına varır. Er ya da geç olacağına varır."

O kadar içten konuştu ki, o kadar kalbime işledi ki, o kadar inandım ki taksici amcaya... Sustum, rahatladım. Camı açtım, havayı içime çektim, ayıldım. İnerken ben de ona içimin en derin yerinden teşekkür ettim. Kapıyı kapatırken, "Sizi gerçekten hiç unutmayacağım" dedim.

Kapının önünde Soner vardı. Bana bakıyordu. Ona bakmak ilk defa içimden gelmedi. Kafamı öne eğdim, yanından geçip gitmek istedim. Çok istedim.

"Bir kere gözümün içine bak lütfen" dedi. Cesaretimi topladım, kafamı kaldırdım, baktım.

"Bugüne kadar seni ne kadar istediğimi bilmiyormuşum, hayatımdan gittiğine inandığım şu iki saat içinde anladım ki, ben sensiz yapamam, olmaz, olamaz. Yaptığım şeyin bir açıklaması yok, cahillik de geç Sertab. Lütfen, bu sefer her şey başka olacak, sana söz veriyorum. Hatta bugün bir adım atalım, beraber yaşayalım. Yeni bir ev bulalım, beraber olalım, hiç ayrılmayalım. Sen benim kıyafetlerimi seç, ben sana kahvaltı hazırlayayım. (Kahvaltı etmeye bayılırım ama hazırlamaktan nefret ederim.) Sertab emin ol, bu benim için çok büyük bir adım, seni ne kadar çok istediğimi anla lütfen."

Taksici amca keşke yanımda olsaydı. "Ne yapmalıyım?" diye ona sormayı çok isterdim. Ama ne demişti, her şey olacağına varır... Belki de olacağı buydu... Olacağı, "Sonsuza kadar mutlu yaşadılar." Adam beni kaybettiğini düşündü, jetonu düştü, tamam artık, her şey çok güzel olacak.

Dayanamadım, sarıldım boynuna. Hazır romantik ortamdan yararlanıp viskilerine ne yaptığımı aradan çıkardım. Ortamın büyüsünü bozmak istemediğinden olsa gerek, güldü geçti.

Eve geçtik. Çok mutluydum ama içimde saçma bir burukluk vardı nedenini bilmediğim. Duş almak için banyoya girdim. İçeride Cem Abi ve Emel Abla beni bekliyordu. Bana bir garip bakıyorlardı. "Sizce doğru mu yaptım?" diye sordum.

Bu sefer ikisi bir ağızdan:

"Bilemiyorum Altan, bilemiyorum."

BÖLÜM 11

Dişlerim Bembeyaz

Hislerinize güvenir misiniz? Araştırmalara göre, insanların iki türlü hissi varmış. Biri aslında olmasını istedikleri, bir diğeri de en dipten gelen, olacağını bildikleri. O dönem hangisiydi, açıkçası çok hatırlamıyorum ama bir tanesi doğru kararı verdiğimi ve bu işlerin çok iyi yerlere gideceğini söylüyordu.

Ev bakmaya başlamıştık bile. Bu konuyu anneme ve babama nasıl söyleyeceğim konusunda bir fikrim yoktu. "Belki de söylemem" diye düşünüyordum, zaten son yıllarda tek dertleri daha çok yer görmekti, kendi evlerine bile zor giriyorlardı. Harika da kırk yılda bir ablalık yapar, arkamı kollar diye düşünüyordum. Yangından sonra çok havalı, manzaralı, kocaman bir eve taşınmıştı. Üstelik Cihangir'in göbeğinde. Ev yılın beş ayı kesin boş, kendisi hepimizin bildiği üzere dünyayı kurtarıyor elinden geldiğince. Aile saadeti yaşanacaksa onun evinde yaşanır. Zaten bu mutlu anlarımı anne-baba stresiyle bozamayacağım. Soner'e o kadar havalı bir kadın imajı çizdim ki, "Ailen inşallah sorun etmez" dediğinde, "Bizim ailemizde böyle şeyler için izin alınmaz, sadece bilgilendirme yapılır" dedim. Çok fazla Amerikan dizisi izliyorum, acilen ağa dizilerine dönmem lazım.

Aslında, babam muhtemelen tüm naifliği ile bu durumun onu üzeceğinden falan bahseder, seni iyice yerin dibine sokar, ne diyeceğini bilemezsin. Annem ise, tüm iğneli bakışlarını bir saniyeye sığdırarak yöneltir, içine çok tatlı bir küçümseme koyar, "Akşam ne yemek istersin?" der ve olayı kapatır. Yolculuğumuza babamın açtığı yerin dibindeki dünyanın merkezinde çay ikramı ile son veririz.

Şu beraber yaşama fikrimiz iyi hoş da kafam bazı hayat gerçekleri konusunda inanılmaz karışık. Maaşım malumunuz, onun bölüm başı aldığı paranın onda biri civarında. İkimiz Türkiye'nin başka kesimlerini temsil ederken nasıl aynı evde buluşacaktık? Adam durmadan kirası 10 bin dolardan başlayan evler bakarken ben havaalanına beş dakika olan seçenekleri değerlendirmek istiyordum. Bir türlü ortak noktada buluşamıyorduk. Söyleyemiyordum da, "Tatlım benim o kadar param yok" diye. Bu beraber yaşama nasıl oluyor, onu da çok bilmiyorum. En son İngiltere'de sevgilimle aynı odada kalıyorduk ve aldığımız bir pound'luk cipsi bile Alman usulü ödüyorduk. Türk erkeğinin fıtratı tabii ki daha farklı ama iş eve gelince bilemiyor ve soramıyor insan. Kızların hepsine sordum, hayatımda da ilk defa Harika'ya hak verdim.

"Sertabcığım adam zengin, senin maaşına, eve katkıda bulunmana ihtiyacı olduğunu sanmıyorum, ama sen bunun altından ruhsal olarak nasıl kalkarsın, onu bilemem" yorumunu yaptı, o kadar haklıydı ki... Kavga ettik mesela, ben gideceğim, ev benim değil. Hadi gittim, nereye gideceğim, yine Harika'dan sığınma mı talep edeceğim? Evliliğin canını yiyeyim, evli olursan ceketini alıp çıkan her zaman erkek olur, yaşadığın yer istersen Beyaz Saray olsun. Birlikte yaşamak başka, ya her şey yarı yarıya ya da olmasın daha iyi. Ben bu işten biraz soğudum galiba. Adama da bir şey diyemiyorum, en iyisi işi yokuşa sürmek, zaten hafta sonu bir film görüşmesi için Ankara'ya gidecek. Arada kaynar gider belki, dur bakalım.

Soner'le bütün akşam ev baktık, sonuca varamadık. Zaten dişlerimi beyazlatmıştım o gün, nasıl canım yanıyor, ağrı kesici alıp uyumak istiyorum. "Sen devam et aşkım, ben dayanmayacağım, uyumak istiyorum" dedim. "Asla olmaz, beraber uyuyacağız, sonuçta üç gün görüşemeyeceğiz" dedi. Beyaz atlı prens değil de ne? "Beyaz dişli kızın beyaz atlı prensi" esprisini yapmak zorundayım, kusura bakmayın.

Yatakta bir o yana bir bu yana dönüp beni deli etmesiyle tüm beyazlığı gidiyor, atlığı kalıyor. "Soner, Allah aşkına git dizi falan izle, beni de uyutmadın" dedim. Zaten o gider gitmez uykuya daldım.

Şimdi yalan olmasın, saati tam olarak hatırlamıyorum ama gecenin bir yarısı kâbus gördüm. Rüyamda Soner'le eve çıkmıştık ama nasıl kötü bir ev, simsiyah duvarlarında yosunlar oluşmuş. Evin içinde Soner'in sesini duyuyordum ama onu göremiyordum. Evin her yerinde Soner'i ararken bir anda Emel Abla'yı gördüm. Pespembe bir koltukta oturuyor. Üstünde ona hiç yakışmamış eski püskü bir kıyafet var. Bana bakıyor dik dik. "Emel Abla, Soner nerede?" diye soruyorum, gülmeye başlıyor ama nasıl gülüyor, yer gök inliyor gülüşünden. Sonra bir anda durup ciddileşiyor.

"Yedim onu ben. Artık yok, bak sesi midemden geliyor. Sakın bana kızma, sonra dua edeceksin."

Ben şok içerisinde ona bakakalıyorum. Ben şoke oldukça o tekrar tekrar gülmeye başlıyor.

O gülerken kan ter içinde uyandım. Nasıl kötüyüm, nefes alamıyorum... Kâbusun etkisiyle, ömrümde yapmadığım bir şeyi yapıp, Soner'in telefonunu alıp karıştırmaya başladım. Nasıl böyle bir şey yaptım, neden yaptım hiçbir fikrim yok, keza rüyanın telefonla alakası yok. Bak, üzerinden yıllar geçti, o anı düşündüğümde tamamen şuursuz bir şekilde yaptığımı hatırlıyorum. İçteki en derin ses demiştim ya size, belki de o yaptırdı, bilemiyorum.

Bir kadınla mesajlaşmış tüm gece, benim yanımda, benimle hayat kurarken, benimle ev bakarken, "Sensiz uyumam" derken, o anlarda hep başka bir kadınla mesajlaşmış. Meğerse, Ankara'dan bir gece önce dönüp direkt o kadına gidecekmiş. Telefonu bıraktım, yok diyorum, ben bir yeri atladım mümkün değil, bunu gerçekten ama gerçekten çok kötü bir insan yapabilir, ben tüm hayat taşlarımı bu kadar kötü bir adam üzerine kurmuş olamam. Tekrar aldım telefonu, tekrar tekrar baktım, aklım almıyor. Basmıyor kafam. Belki bir saat boyunca, mesajları tekrar tekrar okudum.

Gerçekliğine inanıyorum artık. Saat dört oldu. O, televizyonun başında uyuyakalmış. Yatağın ortasında oturdum kaldım öylece. Önce çok güzel bir plan yaptım. Hiçbir şey demeyip pazar gecesi ona mesaj atacaktım, "Esra ile yatarken korunmayı unutma aşkım" diye. Düşünsenize, hayatının şokunu yaşayacak. Dünyada yapılmış en havalı ayrılma olabilir. Ama ben havalı bir kadın değilim, bu tip hikâyeleri sadece bir yerlerden duyan normal bir kadınım. Normal bir kadın ne yapacaksa ben de onu yaptım ve Soner'i uyandırıp telefonunu önüne koydum. Hiçbir şey demedi, bir sigara yaktı ve kafasını öne eğdi. Ben giyinip evden çıktım. Bu sefer sarhoş değildim ama yine Soner yüzünden sokakta tek başıma yürüyordum. Gökyüzüne doğru kafamı kaldırıp bir yerlerden Emel Abla, Cem Abi çıkar mı diye baktım, yok, kimse çıkmadı. Taksi durağına vardığımda, orada bir karmaşa olduğunu gördüm. Ne olduğunu sordum, durağın en yaşlısı ve duayen dedikleri Ahmet Amcaları ölmüş. İçime bir ateş düştü, hemen fotoğrafını sordum. Bana, "Her şey olacağına varır" diyen amca, ki daha bir hafta olmadı, ölmüş. Bir gecede yaşadıklarımı aklım almıyor. Soner'den ayrılmamdan daha çok vurdu beni bu olay. Sanki Ahmet Amca, o gece bana o lafı o kadar içten söylemek için oradaydı. Hep hayali insanlar gelirdi yanıma ama bu sefer kanlı canlı bir insan, ben bir şey demeden sanki her şeyi biliyormuşçasına konuşmuştu benimle. Şimdi o da yoktu. Taksiye binemedim bile, ağlaya ağlaya sokakta sabaha kadar yürüdüm.

Hayatımda hiç bu kadar ağlamamıştım. Kendimi nasıl oldu bilmiyorum ama Harika'nın kapısında buldum o gece. Zaten yalnız kalmam mümkün değildi. Kapısını çaldım, bence kapıyı açar açmaz anladı, hiçbir şey demedi, sadece sarıldı...

"Abla, Soner beni aldattı, taksici amca da öldü."

Sonra, sakin bir şekilde her şeyi anlatmaya başladım. O yalnızca dinledi. İlk defa hiçbir şeyi yargılamadı, ilk defa anlamaya çalıştı ama gerçekten anlamaya çalıştı. Aslında anlam aramak çok saçma, her kadının hayatta başına bir defa gelecek bir şey geldi benim de başıma. Şimdi kalkmam, toparlamam lazım. Ama her şeyden önce uyumam lazım.

Harika misafir odasını hazırladı benim için, "Ne kadar istersen kal" dedi, "Zaten yalnız kalma bu dönemde, beraber kalalım, kendini toparlayınca gidersin."

Odama geçtim, telefonu aldım, zaten bitmişti ama kesin olarak bitmesi lazımdı.

Mesaj attım:

"Bitti, şimdi kiminle nerede, nasıl istiyorsan gidip sevişebilirsin, umarım gizli olmadığı için işin heyecanını kaçırmamışımdır."

Uyudum. Tüm hafta sonu sadece uyudum. Arada Harika'yı, Gamze'yi, Masal'ı, Burcu Abla'yı görüyordum ama çok net değildi. Bu neydi böyle, gören en yakınımı kaybetmişim sanırdı. 9 aydır hayatımda olan bir herif için nedir bu tatava! İçimden bunlar geçiyordu ama bedenim o yatağa çakılıp kalmıştı. Nefes aldırmıyordu.

Pazar akşamına doğru yataktan kalkabildim. Harika, Uganda'ya gitmişti. Evde sadece Gamze vardı. Televizyon izliyordu. Yanına gittim, "Yarın iş var, eve gitmem lazım, hadi çıkalım" dedim. Beraber çıktık. Cihangir'den Beşiktaş İskelesi'ne kadar yürüdük. Soner'le geceleri yürüdüğümüz yollardı hep... "Acaba hep böyle mi olacak Gamze?" diye sordum, "Yaptığım her eylemde o mu aklıma gelecek ya da ben durmadan serbest çağrışım mı yapacağım?" dedim.

"Geçecek Sertab, bak kesin geçecek, şansına yaz geliyor, herkesin kanı kaynıyor. Birkaç adamla takılacaksın, güzel bir tatil yapacaksın, eylüle hiçbir şeyin kalmayacak" dedi.

Vapurdan inince o evine doğru, ben evime doğru yürümeye başladık. Kulaklığımı taktım, şarkımı dinlemeye başladım. Allah kahretmesin, hayatta en sevdiğim şarkıya bile bir anı kondurmuştu! O şarkı benimdi, bana özeldi, şimdi ağız tadıyla şarkımı bile dinleyemiyordum. Eve yaklaşınca, bir markete girdim. Uzun zaman sonra canım ilk defa sigara istemişti. Bu gece her şey serbest bana, marketteki amca, "Ah be kızım, bak dişlerin de bembeyaz... Ne gerek var şu sigaraya, içme" dedi. Sahi ya, ben dişlerimi beyazlatmıştım, demek ki cidden iyi oldu, marketteki amca bile fark ettiyse... "Hakikaten ne gerek var, tamam amca, bırak, haklısın" dedim. Rose şarabım, peynirim ve beyaz dişlerim, evimize doğru yola koyulduk.

Nihayet bugün iyi bir şey olmuştu, dişlerim bembeyazdı! Sarhoş olmadan önce kendime söz verdim, "Bu gece hayatı sorgulamak yok, yapamadıklarım üzerinden mutsuzluğumu katlamak yok" diye. Soner'i aramak zaten aklıma bile gelmiyordu, içim almıyordu. O iş bitmişti benim için.

Şarabımı ve *Maid In Manhattan* filmini açtım. İşte şimdi hayat benim için muhteşemdi. İçmeye başladım, içtim, içtim, içtim...

Sabah oldu, gözümü açtım, neredeyim ben? Bu ev kimin evi? Hemen üstümü kontrol ettim, üstümde bir erkek tişörtü var. Ben ne yaptım, ben neredeyim? Off içip içip kendimi bara mı attım, karşıma ilk çıkan adamla mı yattım? Neler oluyor? Kıyafetlerime bakındım, yok. İçeriden sesler geliyor, ses tanıdık, Gamze bu. Rahatladım, tamam, kimseyle birlikte olmamışım. Ama neler oldu, düşünüyorum düşünüyorum, hiçbir şey yok. Hemen salona doğru yöneldim, off bu kadar hızlı hareket etmemem lazım, başım çatlayacak. Yavaşladım, salona geçtim, Gamze yanında bir çocukla oturuyor. Beni görünce ikisi de kahkahalara boğuldu. "Ooo mahallemizin bıçkın delikanlısı da uyandı" dedi tanımadığım çocuk. Gayriihtiyari, "Sen kimsin?" oldu ağzımdan çıkan ilk söz. Kalktı, yanıma geldi.

"Ben Mertol. Gamze'nin çocukluk arkadaşı. Sen dün gece eski manitanın kapısına dayanınca en yakında ben olduğum için beni aradı Gamze, kapıdan alıp eve getirdim seni. Neyse, kahve ister misin?"

Cevap bile veremedim O da zaten durumu anlayıp mutfağa kahve almaya gitti. Hemen Gamze'nin yanına oturdum, "Ne olur anlat" dedim.

Meğer ben dün gece içip içip önce Gamze'ye mesajlar atmaya başlamışım. Son mesajım, "Ben bu herifin yaptığını yanına bırakamam, gidiyorum, yola çıktım" olmuş. Onun çocukluk arkadaşı Mertol, Soner'e çok yakın oturuyormuş. Beni durdurması için onu aramış, o da ben daha oraya gitmeden beklemeye başlamış, ben naralar atarak gelirken sokağın başında beni yakalayıp eve getirmiş. Yolda o kadar çok kusmuşum ki, kıyafetlerimle banyoya sokup üstümü değiştirmiş, zaten sonra da sızmışım. Bu olay üzerinde daha çok durmak istemedim. Gamze tüm olanları anlattıktan sonra hiçbir şey olmamış gibi havadan sudan konuşma ihtiyacı hissettim. Yaptıklarım canımı çok sıkmıştı. Ayıkken bu kadar kesin cümleler kurup bir şişe şarapla adamın kapısına dayanacak kadar ne yaşamıştım ben? Bu olayı hafızamdan silmeyi çok istiyorum.

Gamze'ye döndüm, "Ee senin iş ne oldu, bugün pazartesi" dedim. "Yıllık izindeyim ya şekerim, biz bu akşam Mertol'la birlikte Kaş'a gidiyoruz" dedi. "Hafta sonunu neden birleştirmedin ki?" dedim, "Seni öyle bırakmak istemedim" dedi. Galiba dünyanın en iyi arkadaşı benimki... Gerçi en son Soner, "Seni yalnız yatırmam" demişti, o esnada beni aldatıyormuş. "Gamze," dedim, "ben de sizinle geleceğim, uçak saat kaçta?"

Gamze havalara uçtu. Bu tatilin bana çok iyi geleceğine emindi çünkü. Dediğine göre Mertol, dünyanın en eğlenceli çocuğuymuş, her şeyi unutacakmışım.

Ama önce hayatımla ilgili bir işi daha halletmem lazımdı. İkisiyle de havaalanında buluşmak üzere vedalaştım. Üzerimde Mertol'un heavy metalci unicorn tişörtü ve LA Lakers şortuyla iş yerime gittim. Herkes bana uzaylıymışım gibi bakıyordu, Allah'tan dişlerim beyazdı, belki oradan yırtardım, tabii metalci unicorn ciddi şekilde rol çalıyor. Hiç kimsenin suratına bakmadan doğrudan insan kaynaklarına çıktım, ayrılmak istediğimi söyledim. İK eğitimi almış olmamdan dolayı hemen ihbar tazminatımı maaşımdan kesebileceklerini söyleyip, küçük çaplı bir hava atıp ortamdan ayrıldım. Kimseyle vedalaşmadım, kimseyle bir bağım yoktu, ot gibi gidip geliyordum zaten.

Kapıdan çıktığımda uzun süredir ilk defa nefes aldığımı hissettim, filmlerdeki kadınlar gibi olmuştum. Hikâyem bundan sonra kesin çok iyi yerlere gidecekti. İçimin tüm derinliklerine kadar hissediyordum bunu. Kırmızı ışıkta karşıya geçmek için beklerken, bir araba önümden geçti, içinde son ses "I'm Every Woman It's All In Me" çalıyordu. Mesajımı da aldığıma göre, hadi artık tatil başlasın!

BÖLÜM 12

İyi ki Varsın Adaşım!

Uçaklardan oldum olası çok korkarım, elimde olsa her yere arabayla giderim lakin arabam yok. Otobüs ise büyük prodüksiyon. Hele ki Kaş!

Havaalanında Mertol ve Gamze'yle buluştum. Doktorumun yazdığı reçeteli sakinleştiriciden aldım. Bu esnada uçağın rötar yaptığını öğrendik. Hemen bir kafeye oturduk ve kahve içip lafladık. Uçağa bindiğimizde gerçekten kendimi mükemmel hissediyordum. Uçak korkusundan eser yoktu. Ortalarda bir yere üçlü koltuğa oturduk. Nasıl gülüyoruz, eğleniyoruz, anlatamam. Mertol'la konuşurken bir an ismi dikkatimi çekti. Soner, Mertol, bu ne abi! Alilere, Canlara ne oldu? Tüm bunları düşünürken, "İnşallah tatilde Mertol'a asılmam" dedim. Meğerse bunu sesli söylemişim, bir anda Gamze ve Mertol kahkahalara boğuldu. Evet, hikâyenin bu kısmında Mertol'un kesin gay olduğundan bahsetmemi bekliyorsunuz ama size söylemiştim, bu bir romantik komedi hikâyesi değil. Mertol'un sekiz yıldır birlikte olduğu bir kız arkadaşı varmış, şimdi iş gezisinde, Amerika'daymış. Gayet modern ve havalı bir çiftmiş. Kendi moralimi düzeltmek için istersem ona asılabileceğimi söylediği an artık sessiz gülme faslımız bitmişti. Şimdi yazınca çok komik değil gibi ama dünden beri yaşanan onca tuhaf şeyden ve sakinleştiricinin etkisinden sonra gerçekten çok komik oluyor.

Uçakta yan tarafımızda bir kadın oturuyordu. Görseniz, nasıl suratsızdı... Tatile gitmediği kesindi. Bu kadar mutsuz bir şekilde tatile gidilmez, mümkün değil. Bak, içim kan ağlıyor ama sırf tatile gidiyorum diye uçağın içinde bi halay çekmediğim kaldı. Demek ki tatile gitmiyor.

Ben kadını incelerken kadın bir anda bana bağırmaya başladı! Ne çok gürültü yapıyormuşuz, uyuşturucu mu almışız, kendimizde değilmişiz... Deli galiba, kadın bir anda mutsuzluğunu bana kustu. Hayır, bende zaten yeteri kadar var ondan sevgili ablacım, seninkini de taşıyacak halde değilim. Ben olayın şokuyla kadına bakarken bir anda Gamze üstümden kadına bağırmaya başladı.

"Hanfendi pardon da ne belli ne! Açıkça söylesenize, ne belli!"

Gamze öyle deyince biz daha da gülmeye başladık, sanki hayatımızda hiç gülmemişçesine hem de, kadın da zaten baktı bizle uğraşamayacak, kafasını çevirdi.

Daha fazla olaya karışmadan uçak yolculuğumuzu bitirdik. Transfer bizi kapıda bekliyordu. Daha ucuz olsun diye Dalaman yerine Antalya'ya uçak bileti aldığımız için uzun bir yolculuk bizi bekliyordu. Yolculuğun arasında şoför amca, kahve içmek istediğini söyleyerek bir mola yerinde durdu. Biz birer çorba söyledik ve muhabbete koyulduk. Amca bizimle ilgili her şeyi bilmek istercesine durmadan soru soruyordu. Kendimi adeta mülakatta gibi hissettim. Hepimiz sırayla hayatımızın tüm detaylarını verdikten sonra yolculuğumuza devam ettik. Vardığımızda üçümüz de arka koltukta uyumuşuz. Şoför amca uyandırdı. Hafif mahmur bir şekilde otelimizin önünde indiğimizde saat neredeyse sabahın üçüydü. Bavulumu yere bıraktım, yukarıya baktım, gökyüzü yıldız kaynıyordu. Artık İstanbul'da yıldız görmek neredeyse imkânsız. Bir anda bir tanesi kaydı. Aklıma gelen ilk şey, "Çok mutlu olayım, bayıla bayıla yapacağım bir işim olsun"du. Hemen dileğimi tuttum. Sonra yüzümde şahane bir gülümseme belirdi. Soner'i dilememiştim, hatta bugün onu hiç düşünmemiştim.

Bu tatil bana kesin çok iyi gelecek, kesin!

Sabah uyandığımızda hepimiz çok açtık. Otelin denize sıfır

olan kafesinde kahvaltıya oturduk. Dün şoför amcanın yardımlarıyla Mertol'un tüm geçmişini öğrenmiştim. İstanbul'da küçük bir kahve dükkânı varmış. Bu işin çok gelişeceğinden bahsetti. "Yakında İstanbul'da herkes kahve gurmesi olacak" dedi.

O da benim gibiymiş, yıllarca sevdiği işi aramış, bulamamış, hep çalışmak için çalışmış. Sonra bir gün Amsterdam'a gitmiş, orada birçok kahve dükkânı görmüş. Lütfen hayalinizde kahve dışında her şeyin satıldığı ama adı kahve dükkânı olan dükkânlar gelmesin, gerçekten küçük küçük kahve dükkânları görmüş. Tabii diğerlerini tecrübe edip etmediğini ben bilemem... Türkiye'ye döndüğünde kararını vermiş. Nişantaşı'nda küçük bir kahve dükkânı açmış, o gün bugün hayatına hayranmış, her gün sabah yedide dükkânını kendisi açıyormuş. Hep gelen müşterileri varmış, her gün onlarla sohbet ediyor, onların ne içtiğini biliyormuş; çok havalı değil mi?

Bir an düşündüm, ben acaba bir yer açmak istesem ne açardım diye. Aklıma tabii ki hayalini kurduğum bar geldi. İçim acıdı. Bayağı acıdı. Ne kadar çabuk vazgeçmiştim hayalimden. Hiç uğraşmamıştım, hikâye olarak çok komikti ama aslında koca bir hayal kırıklığıydı. Yine kendi kendime düşündüm, her şeyden nasıl bu kadar çabuk vazgeçiyorum diye. Bak daha bir hafta önce hayatımı bir erkeğe adamış, her şeyi bırakmıştım. Hatta tek derdim onunla evlenmekken ondan bile saniyede caymıştım. Adamdan bile caymıştım! Bir an durdum. Peki, o benden nasıl bu kadar çabuk caymıştı? Telefonum bir kere bile çalmamış, adam mesaj bile atmamış, özür bile dilememişti. Bu da içimi çok acıttı, içimi bayağı acıttı. Demek ki senin içinde kendine, kendi hayatına karşı bir tutku olmayınca başkasının da sana karşı ölesiye bir tutkusu olmuyor, yani önce ne yapmam gerekiyor sevgili kendim? Kendimi, ama en çok kendimi seveceğim! En önemli benim... Kendime dönüp, kendimi bulup sonra benden ne olur, ona bakacağım. Dur, bunu bir yerime dövme yaptırayım ben! Ama her şeyden önce soğuk bir bira, yanında patates ve cumburlop deniz!

Tatil o kadar güzel gidiyordu ki, her gün öğlene kadar yatıp akşama kadar denize girip sabaha kadar dans edip içiyorduk!

Bir insan bir tatilden daha ne bekleyebilirdi ki! Her gün yeni insanlarla tanışıyor, "en samimi arkadaş" oluyor, her gün sarhoş sarhoş bir başkasına hayat hikâyemi anlatıyordum. Sabaha arkadaş mertebemiz yabancı mertebesine geriliyor ve ben buna bayılıyordum.

Tatilin artık sonuna gelmiştik, yine Kaş Meydan'da dans ediyorduk. O gece en yakın arkadaşım İstanbul'dan Kaş'a taşınmış Ferit idi. İstanbul'da bir ajansta metin yazarlığı yapıyormuş, sonra bir gün bir müşterisinin birçok endişesinin olduğu bininci mail'i alınca, önce mail'le ona bolca küfür sallamış, sonra da tası tarağı toplayıp Kaş'a taşınmış. İlk zamanlar bir yerlerde garsonluk, barmenlik yapmış, sonra da kendi barını açmış. Hikâyesi beni inanılmaz etkiledi. O kadar havalıydı ki! Gamzelerin yanından ne zaman ayrıldık, ne zaman deniz kenarında başbaşa konuşmaya başladık, bilmiyorum. O kadar çok gaza gelmiştim ki! Onun da hiçbir şeyi yokmuş, yavaş yavaş daha az tüketerek, fırsat kollayarak başarmış! Ben de yapabilirim dedim, o an o kadar emindim ki Kaş'a taşınacağıma! Ferit'e direkt ben de kesin taşınıyorum havaları yaptım. Ben konuşmaya devam ederken, bir anda dudaklarıma yapıştı! Ne olduğunu anlamadım! O beni öpmeye çalışırken bir anda ona Soner'den bahsetmediğimi fark ettim. Bütün Kaş'a adamı anlatırken Ferit'e anlatmamıştım. Sonra Gamze'nin dediği aklıma geldi, "Birkaç adamla takıl, geçer" demişti. "Birkaç"ın biri şu an dudaklarımdaydı! "Yapıştır geç Sertab" dedim, ben de onu öptüm. Sonrası kara delik... Bir anda midem bulandı, kendimi yukarıdan gördüm. Kendimden nefret ettim, Ferit'i ittim, arkamı döndüm, kusmaya başladım! İçimdeki her şeyi kustum. Ferit'i, Soner'i, mutsuzluklarımı, her şeyi kustum. O kadar iyi geldi ki, size anlatamam! O kadar mutluydum ki... Miss gibi olmuştum. Ferit'e teşekkür ettim. Çocuk anlamsızca bana bakıyordu. "Kaş'a asla taşınamam," dedim, "şu giydiğiniz şalvarımsı hippi pantolonları beni hep olduğumdan kilolu gösteriyor." Otele yürümeye karar verdim. Hava müthişti, ben müthiştim, ah bir de müzik olsaydı... Derken yanımda Sertab

Erener belirdi! "Tam zamanı Sertab" dedim. "İşimiz bu Sertabcığım" dedi. "Bir şey soracağım, sana da hep 'Sertap' diyorlar mı?" diye sordum. "Evet, öğretemedim kaç yıldır" diye cevap verdi. "Neyse adaşım, hadi" dedi ve o dillere destan sesiyle başladı söylemeye:

"Önce resimleri duvardan kaldırdım
Çay içtiğin bardağı rafa sakladım
Giydiğin ne varsa bir bir katladım
Bir damla yaş düştü, çok ağlamadım

Kokun uçtu gitti açık camlardan
Sevdiğin şarkıyı hiç söylemedim
Korkmuyorum sensiz akşamlardan
Sevdiğimi unut, özleyemedim

Sen haylaz rüzgârlar önünde şimdi
Sevdanın yükünü attım omzumdan
Sen sandığım şey belki benim yüreğimdi
İyi ki dönmüşüm yolun başından
Of yolun başından..."

Sabah o kadar iyi uyandım ki! İstanbul, artık sana aşırı hazırım, şimdiden söyleyeyim, ben kesin daha büyüğüm!

BÖLÜM 13

İş Var mı?

Tatil iyiydi, çok hoştu.

Başıma gelen her olay sonrasında aldığım gaz tabii ki yine 24 saatten daha kısa sürdü. Aşk acısı bir yandan tatlı tatlı vururken, bir yandan da işsizlik pata küte dalıyordu. Param artık suyunu çekmişti. Acil durumda camı kırınız misali, bir mesajla babamdan para istemiştim. Canım babam... Anneme söylememe sözü vererek bir iki ay geçineceğim meblağı iki dakika içinde hesabıma aktarmıştı bile.

Sık sık Mertol'un kahve dükkânına gidip boş boş oturuyor, onunla muhabbet ediyordum. Muhabbet esnasında bilgisayarım açık oluyordu, kendime iş bakıp önüme gelen ilana başvuruyordum. Henüz arayan yoktu. Elbet olacaktı, en son saydığımda 150 iş başvurusu yapmıştım.

Bütün günümü boş boş geçirdikten sonra vapura doğru yürürken telefonum çaldı, bilmediğim bir numara arıyordu. Önceden, kesin borcum var bir yere diye asla bilmediğim numarayı açmazken şimdi tek derdim bilmediğim bir numaranın aramasıydı. Telefonda tok sesli bir kadın, önce benimle konuştuğunu teyit etti, sonra da başvurduğum pozisyonla ilgili görüşmek istediğini bildirdi. Bir konserve balık markasıydı. Pazarlama uzmanı arıyorlardı. Ertesi gün öğle saati için randevulaştık. Beni görseniz, sanki yarın düğünüm var! Hemen markete gidip markanın ne kadar konserve çeşidi varsa onu aldım. Sonra koşa koşa Sinan

Paşa Pasajı'na gittim. Yaşadığım ekonomik buhrandan sonra Mango bile şu an lükstü benim için. Kendime güzel, beyaz bir gömlek aldım. Altına giyecek bir pantolonum vardı, o yüzden ona harcayacağım bütçeyi pembe bir eteğe ayırdım. Yanık tene pembe çok iyi duruyor, elbet bir gün giyerim. Dolabımın yarısı "elbet bir gün giyerim"lerle dolu galiba. O gün gelene kadar, beyaz tişört ve jean ile idare ediyorum.

Eve gidip hemen tüm konserveleri açtım. Bir yandan da şirketin tarihçesine bakıyordum. Şirketin Boğaz'da deniz manzaralı bir ofisi vardı. Düşünsenize, tüm gün Boğaz manzarasına karşı çalışacağım. Hem hayatta en sevdiğim şeylerden biri de rakı-balık, bence bunların hepsi bir işaret. Zaten iletişim yönüm inanılmaz kuvvetli, bu iş kesin oldu.

Sabah gömleğimi ütüleyip hemen bir kuaföre gittim. Çiçek gibi olmuştum. Bu güzelliği otobüste balık istifine harcamayacaktım, bu sebeple bir taksi çevirip yola koyuldum. Her zamanki gibi bir saat önce oradaydım. Hayat felsefem; geç kalmaktansa her yere erken git! Zaten siz de çok iyi biliyorsunuz. Yakınlarda bir yere oturup hemen Masal'ı aradım. Yaptığım ya da yapmaya çalıştığım işin en büyük ustası Masal'dı. Birkaç tüyo aldım. Olay, her şeye varım demek!

"Fazla mesai?"

"Varım, diyor!"

"Hafta sonu çalışma?"

"Varım, diyor!"

"İş gezisi?"

"Varım, diyor!"

"Evlilik planı?"

"Bir damla gözyaşı!"

"Çocuk?"

"Allah belanı versin Soner!"

Olayı anladım, çok çalışırım, hemen öğrenirim, uyum sürecini çabuk atlatırım. Sen paradan haber ver bebeğim!

Görüşme saati geldi çattı, gerçekten çok heyecanlıydım, çok uzun süredir mülakata girmiyordum. İnsan kaynakları uzmanı olmama rağmen hiçbir pratiğim olmadığı için konuya hâkim değildim. Artık gelişine vuracaktım.

Mülakatta iki kişi vardı; biri bölüm müdürü, diğeri insan kaynakları müdürü. Kısa bir merhaba faslından sonra kısaca kendimi anlatmamı istediler. Size anlattıklarımı düşünün, içinden Soner'i çıkartın, biraz da hırs ve kariyer hedefi ekleyin, işte onları beş dakika içinde anlattım gitti. Sonrasında onlar pozisyonu anlattı. Ve soru cevap kısmına geçtik. İlk sordukları soru tabii ki insan kaynakları departmanından geldi, neden bu kadar kısa süreli çalışıyordum? İki yıl içinde üç iş değiştirmiştim. Gerçekten çok mantıklı bir noktaya değinmişlerdi. Cevabı aslında çok basitti, denemeden bilemezsin. Denedim, olmadı, yine denedim, yine olmadı, kim bilir belki bu olur. Bir de kankacığım, benden ne olur diye derin bir araştırma içerisindeyim, bakınıyorum işte.

Tabii ki bunların hiçbirini söylemedim; "İlk işimde pazarlama dünyasına satış ile başlamam gerektiğini bildiğim için başladım, sonra da iyi bir transfer teklifi geldi ve onu değerlendirdim. Son işimde de insanlara ruja çok ihtiyaçları olduğunu anlatmaya çalışmak beni çok yormuştu, kimsenin yirmi farklı çeşit ruja ihtiyacı yoktur, sadece kapitalist düzen bunu insanların kafasına sokar, ben de açıkçası onun bir parçası olmak istemedim ama balık öyle mi? Balık önemli bir defa, Omega 3'e hepimizin ihtiyacı var. Ayrıca insan yemezse ölür. Denklem basit."

Bu sözler ağzımdan çıkarken çok yanlış bir noktada olduğumu anlamıştım, keşke ilkini söyleseydim... Hani olur ya, konuşurken anlarsın, saçmalıyorsun ama geri de alamıyorsun. Tam da öyle oldu. Sözlerimi bitirince, masada derin bir sessizlik oldu, kimse bir şey demedi, ben bir bardak su içtim. Olaysız dağıldık. Kadıköy'de rakı balığa devam Sertab...

Bu ve bunun gibi yirmiden fazla iş görüşmesi yaptım. Artık nasıl beter bir durumdaysam bir silah şirketiyle bile görüştüm. Yine pazarlama uzmanı pozisyonu için. Onlar bile istemedi beni.

Mertol'un kahvecisinde yine bir gün ona dert yanarken ve Twitter'da gezinirken en çok dinlediğim radyonun iş ilanını gördüm. Hayatımda ilk defa Twitter'da iş ilanı görüyordum. Galiba

Mertol'un dediği gibi, bir gün her şey telefonlar üzerinden ilerleyecekti. O "bir gün" de, bir iki sene içinde gelecekti. CV'leri hello@strongfm.com adresine bekliyorlardı. Delirdim, pozisyonu bile bilmiyordum ama tüm hayatını müzik üzerine kuran benim için orada ne iş olsa yapılırdı. Hem benim radyoculuk geçmişim çok eskiye dayanıyordu. Orta birinci sınıfta artık kendi paramı kazanmam lazım dememle iş aramaya başlamam bir olmuştu. Edirne'de bir yerel radyoda iş bulmuştum, her pazar sabahı çocuklar için program yapıyordum. Yani tecrübeyse, o vardı bende! Geçmişe gidince fark ettim ki, o yaşta böyle bir hırsım varken şu anki halim içler acısı. Sevgili Martin E. P. Seligman haklıymış, kendimde de görmüş oldum. Öğrenilmiş çaresizlik berbat bir şey!

Hemen CV'mi istedikleri adrese gönderdim. Gönderdikten on dakika sonra telefonum çaldı. Açtım, arayan onlardı, delirmek üzereydim. Telefonda yarın sabah görüşmek istediklerini söylediler. Uzun süredir kendimi bu kadar iyi hissetmemiştim, ilk defa bir yere iş olsun diye başvurmamış, çok istediğim için başvurmuştum. Oldu bu iş!

Ertesi gün, bu sefer hiç hazırlık yapmadan, en yalın halimle iş görüşmesine gittim, Strong FM için pazarlama uzmanı arıyorlarmış. Markalar için projeler üretecek, proje metinlerini yazacak, DJ'lerin konuşmalarını kontrol edecek, web sitesi, Facebook ve Instagram hesaplarını yönetecek, ajans ilişkilerine yön verecek birini... Radyonun genel müdürü ve genel yayın müdürü ile iş görüşmesi yaptım. O kadar tatlılardı ki... Hatta genel yayın müdürü Burak ile mazimiz eskiye dayanıyordu. Bu hikâyeyi anlatmak zorundayım, sonra iş görüşmesine geçeceğim...

17 yaşında üniversite sınavına hazırlanırken gece gündüz radyo dinlerdim, müzik ruhumun gıdası! Bir gün o dönemin popüler bir radyosunu dinlerken bir anons duydum. "Ricky Martin'le tanışmak için Amerika'ya gitmeye ne dersin?" Testleri bir yana bırakıp hemen, "Evet!" dedim. "O zaman," dedi anons, "Ricky Martin için yapacağın en çılgınca şey ne olur? Vereceğimiz numarayı ara ve bize anlat. En orijinal fikrin sahibini

New York'a, Ricky Martin'le tanışmaya gönderiyoruz." Hemen telefona sarıldım. Dedikleri numarayı aradım ve anlatmaya başladım:

"Ricky Martin Türkiye'ye geldiğinde hayatımda hiç İstanbul'a gitmemiştim. Ailemden beni konsere götürmelerini istedim ama kabul etmediler. Ben de kumbaramda ne kadar para varsa topladım ve yola çıktım. Anneme okuldan sonra arkadaşımda kalacağımı söyledim. Sabahın bir körü otobüse binip İstanbul'a doğru yola çıktım. Konser alanına gittiğimde biletim yoktu ve karaborsa biletler çok pahalıydı, ben de basın girişinde elimdeki koca fotoğraf makinesini gösterip gazeteci olduğumu söyledim, sanırım boşluk anlarına geldi ve beni içeri aldılar. Konseri en önden, bedavaya izledim ve muhteşem fotoğraflar çektim. Bu benim Ricky Martin için yapacağım değil, yaptığım bir şeydir. Umarım hediyeyi bana verirsiniz!"

Tabii ki yalan söylüyordum. Babama, "Ricky Martin konserine götür beni, ne olur, çok istiyorum" dedim, o da "Tamam" dedi ve gittik. Ama bunu anlatamazdım. Abartı her zaman çalışır. Bu kuralı daha 17 yaşımda biliyordum. Teomancığım, şu an gelmene gerek yok, ileriki bölümlerde tam senlik bir hikâyem var, bekle.

Yarışmanın kazananı ben oldum. Burak yayında beni arayıp mutlu haberi vermişti. Yalnız küçük bir sorun vardı; o da, benim pasaportum yoktu ve iki gün sonra Amerikan konsolosluğuna gitmem gerekiyordu. Annem tabii ki gitmeme karşı çıkmıştı. 17 yaşımda olduğum için anne ve babanın imzası olmadan pasaport çıkartmıyorlardı. Annem, "Bir günde zaten pasaport çıkartamazsın, o yüzden git, başarırsan gelir imza atarım" dedi. Annemi bilirsiniz, her zaman kızına güvenir. Neyse, ben apar topar karakola gittim, nasıl bir sıra var inanamazsınız, "Hadi Sertab," dedim, "ya herro ya merro..." Direkt komiserin odasına çıktım ve ağlayarak odasına girdim. O ana kadar ne diyeceğim konusunda hiçbir fikrim yoktu, bir anda kelimeler ağzımdan döküldü:

"Komiser amca, ben piyano çalıyorum, geçtiğimiz yıl piyano yarışmasına katılmıştım, o yarışmada birinci olmuşum fakat adres değişikliğinden dolayı da bana yeni ulaşabilmişler. Önümüzdeki hafta Amerika'da bir resitale davet ettiler, ülkemi temsil edeceğim, ne olur bugün pasaportumu çıkartın!"

O dönem bütün sistem manuel olduğundan işler "hadi abicim"le yürüyordu, komiser tüm karakolu alarma geçirdi ve bu işi halledeceğini söyledi. Gerçekten hallettiler, annem ve babam el mecbur gelip imzayı attılar. Nitekim, "Un, dos, tres/ Un pasito pa'lante María!"

Konsere gittim...

Görüşmede bu olayı tüm çıplaklığı ile anlatınca, Burak çok güldü ve "Belli ki çok yaratıcısın, ben tamamım" dedi. Genel müdür de okeyi verdi, bir de üstüne hayalimdekinden çok daha yüksek bir maaşa anlaştık. Her şey bir saat içinde oldu. İnanamıyordum! Bir hafta sonra içimi kıpır kıpır yapan işe başlayacaktım.

Bekle beni müzik sektörü! Sertab geliyor!..

BÖLÜM 14

Allah Belanı Versin

Günler günleri, aylar ayları kovaladı... Çevremdeki herkes şaşkınlıkla beni izliyordu. Deli gibi çalışıyordum. Bazı günler sabahlara kadar ofisten çıkmıyordum. Türkçe ya da yabancı fark etmez, tüm şarkıları ilk ben dinliyordum. Ofiste devamlı son ses müzik açıktı. Herkes hep çok mutluydu, kimse kimsenin üstü, müdürü, direktörü değildi. Herkesin bir görevi vardı, gül gibi geçinip gidiyorduk. Dijital dünyaya iyice alışmıştım. Radyonun tüm iletişimi dijital üzerinden ilerliyordu. Bu konuda Türkiye'de öncü olmuştuk. O işi yürüten de bendim. Bu beni inanılmaz gururlandırıyordu. Birçok kişinin fikri dahi olmayan bir konuda uzman olmuştum. Her gün daha çok araştırıyor, daha çok üretiyordum. Evet, Harika gibi Afrika'daki eğitim sorununa çare bulmuyordum ama insanları eğlendirecek içerikler üretiyordum, yüzlerini güldürüyorum, hem de bunu bedavaya yapıyordum. En güzeli de buydu. "Biz çok iyiyiz ama bu iyilikten yararlanman için para ödemen lazım" diye bir sistem yoktu. Tek yapman gereken evindeki, arabandaki radyonun düğmesine basmak ya da akıllı telefonuna aplikasyonu indirmekti. Yıl 2012'ydi, artık herkesin telefonunda bir aplikasyon kütüphanesi vardı. Aplikasyona tüm içerikleri, dijital içerik departmanı ile birlikte ben ve Burak yapıyorduk. Yabancı dilde yazılmış makaleleri okuyor, İngiliz radyolarını takip ediyorduk. Adımı Harika koymamışlar ama bence ben de harika bir insanım.

Radyo'daki herkes Soner'i, tüm ilişkimizi biliyordu. Hatta "I Don't Wanna Dance" şarkısını tekrar playlist'e sokmuştuk. Listelere bile girmişti. Bu kadar çok çalışmamın bir nedeni işimi gerçekten çok sevmemse, diğer nedeni de Soner'i düşünmek istemememdi. Üzerinden neredeyse bir yıl geçmişti. Hâlâ gizli gizli fotoğraflarına bakıyor, hâlâ aklımdan çıkaramıyordum. Bir yıldır bırakın biriyle yemeğe çıkmayı, uzaktan flörtleşme bile yaşamamıştım.

En kötüsü de oynadığı son filmin afişi ofisin tam karşısına asılmıştı. Her gün geçerken ona küfrediyordum. Adam bir özür bile dilememişti. Aklım almıyordu, gerçekten aklım hiç almıyordu. Belki de o Esra denen kadınla sevgili oldu. Ahh, içim daraldı.

Yine bir gün iş yerinde hararetle çalışırken telefonum çaldı, eski iş yerimde belki de en çok sevdiğim insandı Gizem. IT departmanında çalışan tek kadındı ve kadının halinden anlardı. Saçma sapan teknik sorunlarımla hep ilgilenirdi. Hemen telefonu açtım. Gizem'in sesi titriyordu. Hızlıca konuşmaya başladı.

"Sertab bir ay önce senin mailinde kalmış bir bilgiyi istedi departmanın, ben de mailini aktif hale getirdim. Onlarca mail gelmişti, içlerinden biri dikkatimi çekti, hemen açtım okudum. Bir yıl önce gönderilmiş. Sanırım eski sevgilin. Bir aydır bir türlü emin olamadım, belki de unuttun gitti diye. Ama bu maili sana göndermemek çok büyük haksızlık olacaktı. Bu sabah karar verdim. Ne olur bana kızma, umarım her şey senin istediğin gibi olur. Maili sana yönlendirdim."

Telefonda donup kaldım, hiçbir şey diyemedim. Tek diyebildiğim, "Tamam" olmuştu. Telefonu kapatır kapatmaz, iş arkadaşlarımdan birinden sigara istedim. Sigara içmeliydim. Söz başlamayacağım ama bir tane içmem lazım! Telefonumu, tek dal sigaramı ve bir bardak kahvemi alıp dışarı çıktım. Artık hazırdım, hadi bakalım Soner Bey, döktür bakalım...

"Şimdi evden çıktın. Kendimden nefret ediyorum. Sana bunu nasıl yaşattım, nasıl yaptım hiçbir fikrim yok. Biliyorum, bu bir özür değil ama seninleyken hiçbir kadına hiçbir suretle dokunmadım, aklımdan bile geçirmedim. Son haftalarda yaşadıklarımız, ilişkimizin bir anda ciddileşmesi beni çok korkutmuştu. Bu da onun bir yansıması. Sana yemin ederim, o kadınla sadece mesajlaştım ve asla bir şey düşünmedim, düşünmezdim bile. Benimki sadece korkaklık! Hayatımın geri kalanında başka bir kadının yanında olmak, başka bir kadına dokunmak artık mümkün değil, galiba sen benim için son duraktın ve evet, ben bundan çok korktum. Beraber yaşamak bahane, ben seninle bir hayat kurmak istedim, her şeyden uzaklaşıp sana sığınmak istedim. Şu an yanında olmak için bir kolumu feda ederdim. Sana kendimi nasıl affettireceğimi bilmiyorum, ama şunu bil Sertab, öyle ya da böyle bizim hikâyemiz çok mutlu bitecek. Seni çok seviyorum. Ben buradayım, seni bekliyorum, ne zaman istersen gel, ben hazırım."

Okumayı bitirince ağlamam artık hıçkırıklara dönmüştü. Bir yıl bunca şeyi ben neden çekmiştim, bu mail her şeyi değiştirebilirdi. Keşke işten ayrılmasaydım... Her şey bir anda sıfırlanmıştı, ben de başa dönmüştüm. Maili belki yüz kere okudum. Kafamı kaldırdığımda yanımda Yalın oturuyordu. O anda tam istediğim şeydi! Hayal gücümü bu anlarda tebrik ediyorum. Hep tam zamanında!

"Biliyor musun, ilk çıktığın zaman sana bayağı yükseliyordum, yakışıklı çocuksun vesselam!"

"Öncelikle ben bir hayalim, yani sen istedin diye buradayım, o yüzden bana yürüme. Ayrıca burada olma nedenim yaşadığın aşk acısı."

"Haklısın, patlat gitsin!.."

Bir anda elinde gitarı belirdi, başladı söylemeye...

"Koydum sevinçlerimi önüme
Baktım hepsi sensin
Yazdığım şiirlerin her hecesi
Üzüldüğüm tüm filmler

Yıpranmamış hayatlar
Büyük hüzünler bekler

Her işte bir hayır
Bu işte hepsi sensin

Şimdi senden vaz mı geçmeli?
Masal olup yola devam mı etmeli?
Ben kalpten sorumlu, aşka sorunluydum
Anladım her şey sensin!.."

Pufff yok oldu... Bu ünlülerin de bir güle gülesi yok be kardeş...

Tekrar gerçek dünyaya döndüm. İşe geri dönmem mümkün değildi. Burak'a mesaj attım, eve gidiyorum, yarın anlatırım diye. Atladım arabama, eve gittim. Evet, hikâyenin bu kısmında yazarımsı kişilik artık arabası olduğunu vurguluyor.

Eve giderken kızların hepsine acil durum mesajı attım ve bende toplanmaları gerektiğini söyledim. Ben eve vardıktan bir saat sonra herkes gelmişti. Bir şişe şarap açıldı, mail tekrar tekrar okundu, her kafadan bir ses çıktı. Çıkan seslerin çoğu, bekâra karı boşamak kolay olduğu için maili yok saymam üzerineydi. Hele ki yaşam kalitemi bu kadar artırmışken... Sertab yine herkesi dinlermiş gibi yaptı ama kararını vermişti, o mesaj bu akşam Soner'e atılacaktı.

Kızların gitmesini sinsice bekledim, herkes gidince bir kadeh daha şarap içip telefonu elime aldım. Artık hazırdım. İşime âşıktım, hayatta en büyük problemimi çözmüştüm. Tek derdim Soner'di ve bu konuyu da halletmem lazımdı.

Hemen mesaj attım, bence net bir mesajdı:

"Mailini okumam bir yılımı aldı, ben hazırım, daha fazla sensiz güne uyanmak istemiyorum. Hadi her şeye baştan başlayalım."

Gönderdim gitti, adam benimle olmak için kolunu feda edeceğinden bahsediyordu, off şimdi nasıl mutlu olacak... Anam, cevap geldi, resmen geldi... Hadi Sertab, yeni hayatın başlamak üzere...

"Slm, biraz zamana ihtiyacım var."

Pardon pardon neye ihtiyacın var? Sen benimle taşak mı geçiyorsun! Seni öldürürüm bak, beni duydun mu, seni öldürürüm, senin o kolunu kopartmadan götüne sokarım! Deliricem, herif hem beni aldattı hem de üstüne reddetti... Yok yok, ben bunu öldürürüm... Dur sen, ben sana neler yapıyorum! Bu iş burada bitmez Soner efendi, bekle, kapına geliyorum...

Tabii ki tüm bunları içimden, belki de dışımdan, telefona bakarak saydırdım ama kararlıydım, o herifin evini bu gece basacaktım. Off çok sarhoştum, araba kullanamazdım, taksi çağırdım. Takside elim ayağım hâlâ titriyordu. Ama bu sefer akıllanmıştım, kimseye mesaj atmadım. Evin önüne geldiğimde zile deli gibi bastım, açan yok; penceresine baktım, ışığı yanıyor. Bak ben bu pisliği öldürürüm, net öldürürüm! Sokakta bağırmaya başladım, yanımda bir anda İsmail YK belirdi.

"Emin misin Sertab? Bak, sabah çok pişman olacaksın. Hem sen niye Gamze'ye mesaj atmadın, durdururdu o seni."

"Hayatımda hiç emin olmadığım kadar İso, sen yapmazsan ben yaparım."

"Peki o zaman, benden günah gitti..."

"Allah belanı versin
Allah seni kahretsin
Bana gelen sana gelsin yaaa
Hayatımı sen mahvettin
Acımadın neler çektim
Kader seni de kör etsin

Bomboş yere yaşıyorum
Her gün acı çekiyorum
Her dakika eriyorum
Yeter artık, senden nefret ediyorum

Beni benden aldın attın
Beni sattın yazıklar olsun"

"Hadi artık eve gidelim Sertab."

"Bana yazmıyorsun değil mi?"

"Bugün Yalın sana ne dedi, biz birer hayaliz Sertab, ben birazdan puf..."

BÖLÜM 15

Pişman Değilim

Sarhoş olduğun bir gecede yaptıklarından dolayı sabah uyandığında pişman olursun ya, herkesin başına hayatında bir kere gelmiştir. Mesela ben üniversitedeyken, yeni yıl kutlamasında Rober Hatemo ile sahnede göbek atmıştım. Bu görüntü bütün hafta boyunca magazin haberlerinde, "Rober'in o gece çapkınlığı üstündeydi, İzmirli güzel genç kızla saatlerce dans etti" diye haber olmuştu. Mesela bu, gerçekten sabah uyandığında hatırlamak isteyeceğin türden bir hikâye değil. Ama dün gece yaşadıklarım karşısında en son hissedeceğim şey utanç. Utanca gelene kadar hissedeceğim o kadar çok şey var ki... O biraz beklesin.

Sabah o kadar sinirli uyandım ki, işim olmasa yine kapısına giderdim. Bu ruh hastalığı, bu olmamışlık nereden geliyor, o adam bunu anlatana kadar, ama böyle gözümün içine baka baka anlatana kadar kapısına dayandırdım.

Toplum baskısı mıdır, kadın gururu mudur bilemiyorum ama bu yaptıklarım çok uç görülebilir gözünüze. Ona geri dönme savaşı olarak da görülebilir. Ama değil. Hiç değil. O adam benim hayatıma, hissettiklerime karşı bir suç işledi. Bu suçun bir yaptırımı olmalı. Önce gözümün içine baka baka yalan söyledi, sonra özür diledi, yetmedi beni küçük düşürdü. Kimse kusuruma bakmasın, o adam bunun hesabını bana, gözlerimin içine baka baka verecek!

O gün tüm hırsımı işimden çıkardım. Hayatımda hiç çalışmadığım kadar çok çalıştım. Kimseyle konuşmadım, bilgisayardan kafamı kaldırmadan gece yarısına kadar çalıştım. Her tuşa bastığımda daha şiddetli, daha sinirli oluyordum. Burak da beni bekledi o saate kadar. Beni bıraksa sabaha kadar çalışırdım. Çalışmak hep iyi gelirdi ama bu sefer gelmedi. İyi gelene kadar çalışmak istedim. Ellerim morarana kadar çalışmak istedim. Burak artık bilgisayarımı elimden aldı, "Hadi çıkıyoruz, biraz konuşalım" dedi. Ofisimizin çok güzel bir bahçesi vardı, bahçeye çıktık. Yeni yıl zamanı bir yerden gelen viskiden bardaklarımıza tadımlık koydu. "Elbet bu şişeyi açacaktık" dedi. Bahçeye çıktık. Doğrudan konuya girdi:

"Soner'in bir yıl önce sana yaptığı şey gerçekten kötüydü. Ama üzerinden bir yıl geçti Sertab, bu mailden önce nasıl yaşıyorsan, tam da o şekilde yaşamaya devam etmelisin. Hiç kimseyi bir yıl sonraki hisleri yüzünden suçlayamazsın. Senin kurduğun mantıktan ilerlersek, kimse boşanmasın. Emin ol senin şansın o maili bir yıl sonra görmen oldu. Bırak artık ve önüne bak."

Haklı ve mantıklı konuşmalara sinir oluyorum. Diyecek sözüm yok. Adam bir yılın sonunda artık beni istemiyor. Üzerine düşünmek, konuşmak yersiz. Önüme bakmam lazım. Bunu kafama kazımak için elimden ne geliyorsa yapmalıyım. Ha gayret Sertab!

Burak'ın tüm söyledikleri kulağımda çınlarken eve doğru yola çıktım. Eve vardığımda daha sakindim ama anlatmam lazımdı, içimdekileri içimde bırakırsam çürür, beni hasta ederdi. Madem çağımızın dumanı mail, ben de ona mail atacak, her şeyi bu gece burada, bu masada bitirecektim. Açtım bilgisayarımı, başladım yazmaya.

"Dün gece için senden özür dilemek isterdim ama inan hiç içimden gelmiyor. Bir kadının karşısına çıkıp 'Seni sevmiyorum' demekten korkma, bak sen oyuncusun, en azından role girseydin. Söyleyip Google'a yeni sayfalar ekleseydin. İnan umurumda değil. Bak Soner, ben seni çok sevdim, hayatımdaki her şeyi bir kenara atacak kadar çok sevdim. Bir daha birini bu kadar çok sevebilir miyim, hiçbir fikrim yok. Fakat sen bana o kadar net bir şekilde gösterdin ki ne bok olduğunu, kafam artık çok rahat. Sana bundan sonraki hayatın için tek dileyeceğim şey biraz cesaret. Cesaretten hiçbir zarar gelmez; tam tersine, geriye baktığında mis gibi olur için. Bu, cevap bekleyen bir mail değil. Seni adam etmek için atılmış bir mail de değil. Mesela benim yaptığım cesaret, yarına mis gibi uyanmak. Kendine nasıl bakarsan bak, inan hiç umurumda değil!"

Maili attıktan sonra hemen uyudum. Sabah o kadar iyi uyandım ki hemen banyoya girdim. Hayat enerjim tavandı! Karar vermiştim, bugün spora yazılacaktım. Hem yeni insanlarla tanışırım hem de kendimi iyi hissederim. Banyo aynasının buharını silerken arkamda Emel Abla'yı gördüm.

"Neredesin Emel Abla ya, neler yaşadım bir bilsen... Ama merak etme, çok iyiyim. Bu arada pembe sana çok yakışmış, hep sahne kostümüyle mi geziyorsun?"

"Sertabcığım, hepimiz söyledik sana ama inatla anlamıyorsun. Ben bir hayalim canım benim, sen beni nasıl görmek istiyorsan öyleyim. Galiba bu sıkıcı kıyafetlerinden sen de kurtulmak istiyorsun. Acaba diyorum, bugün şu pembe eteği mi giysen?"

"Haklısın Emel Abla, ne diyeyim... Bugün giyeceğim, söz!"

"Neyse, tam senlik şarkı var elimde."

"Gülmeyecek bu yüzü
Neden verdin bana ya Rab?
Ya birazcık neşe ver,
Ya beni baştan yarat..."

"Şey, Emel Ablacığım, şarkını balla kesiyorum ama bu biraz sert olmadı mı? Yani bak enerjik uyanmışım, spora başlayacağım, yeni insanlarla tanışacağım, pembe eteği giyeceğim falan diyorum... Bi tık eğlenceli... Hımm... Mesela, 'Sana Neler Edeceğim?'"

"O Ajda'nın! Bak ikidir beni kırıyorsun... Hadi gittim ben, dene bakalım Ajda geliyor mu?"

Of Emel Abla da gitgide alınganlaşıyor. Ajda?.. Ajda?.. Ajda Abla?.. Hakikaten gelmedi.

BÖLÜM 16

Boğaz'ı Görmeden Uyuyamam

Yine hızlı bir zaman atlama ile karşınızdayım. Soner'i hayatımdan net olarak çıkardıktan sonra, yepyeni bir dönem başladı. Her gün sabah 7'de kalkıyorum, önce spora gidiyorum, ardından işe, iş çıkışında da kızlarla belki bir yemek, eve dönüş ve kapanış.

İçki içmem ilk defa hayatımda bir işe yaradı. Dünyaca ünlü bir bira markası, müşterilerine devamlı sürprizler yapıp, bunları gizli kamera ile çekip YouTube'da yayınlıyordu. Ben de trendlere bakarken izledim birkaç videoyu. İnanılmaz havalı işlerdi. Hemen radyoya uygun şekilde kendi konseptimi yaratıp bir dijital proje geliştirdim, şimdilerde içerik deniyor. Radyonun sahibi Cemal Bey'e sunduğumda bayıldı fikre, hayata geçirdik. İş o kadar ses getirdi ki, Cemal Bey bir gün beni odasına çağırdı ve bundan sonra sadece çalıştığım radyonun değil, sahip olduğu tüm radyolar ve televizyon kanalı için bu tarz dijital projeler üretmemi istedi. Bu resmen terfiiydi. Hem maaşım hem de pozisyonum jet hızıyla yükselmişti. Şans mı? Asla! Kusura bakmayın da Soner'i düşünmeyeyim diye eşek gibi çalışıyorum. O kadar olsun bir zahmet. Fark ettiyseniz tüm kötü alışkanlıklarım günün sonunda iyi bir şey olarak bana dönüyor...

Artık iş alanında tam olarak nereye gittiğimi bulmuştum. Benden ne olur, kesinlikle dijital içerik üreticisi! Ama "Benden ne olur?" demek çok geniş bir kavram değil mi? Yıllardır bunu hep iş için kullandım. Kendimi hep Harika ile kıyasladım. Dünyanın en havalı işini yapmıyorum ama en genç işini yapıyorum. Fakat içimde hâlâ bir boşluk var, siz deyin aşk, ben diyeyim ben... Hâlâ arıyorum. Çünkü aşkı bulduğumu düşündüğüm zamanlarda bile hep bir arayış içerisindeydim. Belki de hayat hep böyle gidecek. Televizyonlarda, reklamlarda, her şeyi bitirmiş gibi yapanları gösteriyorlar; sen de kendi kurumsal halinle 30 yaşında hâlâ hayatın anlamını arıyorsun. Belki de hayatın anlamı sadece "an"dır. Belki de o gün kirayı ödemek ya da uçağı kaçırmamak günün anlamıdır. Neden her şeyi kocaman yapıyor ki ana akım medya? Sana ya da insanlığa saçma gelecek anlar benim hayatımın bazen gayesi ve ben o işleri başardığımda hayatıma anlam, günüme mutluluk katıyorum. Bu konuya takıldığımı daha önce de anlatmıştım size, ama olaylar beni hep bu düşüncelere getiriyor.

Kız kıza ocakbaşı keyfimizde bu konudan bahsederken gelenek yine bozulmadı ve çiğ köfteler afiyetle götürüldü.

Masal, tabakta kalan son çiğ köfteyi götürmeden önce durdu ve konuşmaya başladı.

"Bence sen her şeyi fazla içselleştiriyorsun, yani benden ne olur diye ararken aslında dışarısı ile hep yarış halindesin. Bu kadar andan bahsederken sen anın farkında bile değilsin. Bak şu anda hepimiz çiğ köfte yerken sen yine kaçırdın. Hep ne derim Sertab biliyor musun, popomdaki selülitler umurumda değil, bana arkadan bakanlar düşünsün."

Tüm mekânın bize bakacağı kadar çok gülmüştük bu lafa gerçekten ama kız o kadar haklıydı ki! Diyecek söz bulamadım, hemen bir porsiyon daha çiğ köfte söyledim ve hepsini tek başıma yedim. Hızlı öğreniyorum bence.

"Çok güldük, başımıza bir iş gelecek" lafı boşuna çıkmamış, telefonum çaldığında anladım. Arayan ev sahibimin kızıydı. Ev sahibim Ethem Amca ölmüştü. O kadar üzüldüm ki...

Dünyanın en anlayışlı insanıydı. Her zaman yardımıma koşar, evle ilgili ne sorunum varsa çözerdi. Vefat edeli 45 gün olmuş, kızı söyledi. Çok üzüldüğümü söyledim. Hemen konuya geçti, eve kendi taşınacakmış, "Evi boşalt" dedi, kapattı. Ethem Amca kızına görgüyü çok da öğretememiş. Masada kalakaldım, sorun ev bulmak değildi, evimi çok seviyordum, bir de işe inanılmaz yakındı. Off bir yandan emlakçı parası vardı; bir yandan da enerjimin tutacağı ve paramın yeteceği ev bulmak çok zordu benim için. Masal'a dönüp, "Anına sokayım Masal" dedim.

Gamze birden ismine yakışır bir şekilde gamzelerini koca koca göstererek, "Merak etme, bende o iş" dedi. Bir arkadaşı kendi evini aldığı için Ortaköy'de kirada oturduğu evden taşınıyormuş. Tam benlikmiş. "Emlakçı parası vermezsin" dedi. İşe de çok yakındı. 48 ay taksitle aldığım oyuncak arabadan hallice olan arabamla köprünün ayağından 15 dakikada işte olabilirdim. Bu arada araba alırken yine kimseden destek görmedim. Sanırım, araba kullanmayı bilmediğim içindi. Üniversitede ehliyet sınavını beşinci seferde kazanmıştım. Bana ehliyeti veren adam, "Size bu belgeyi vereceğim ama sizin yerinizde olsam bırakın sürücü koltuğunu, ön koltukta bile oturmam. Umarım bu işte ne kadar kötü olduğunuzu anlatabilmişimdir" demişti. Ben de adamı yıllar boyunca dinlemiştim lakin İstanbul'da arabasızlık gerçekten çok zor oluyordu. Ben de gözümü karartıp araba aldım. Daha ucuz olduğu için düz vites araba almıştım. Bir keresinde vitesi değiştiremediğim için havaalanından eve kadar ikinci viteste gelmek zorunda kalmıştım. Bir defa da yokuşta arabayı kaldıramadığım için arkamdaki arabadan biri gelip yolun kenarına çekmişti. Sonra da, "Lütfen ama lütfen araba kullanmayın" demişti. Peki, tüm bu baskılar beni yıldırdı mı? Hayır! İnat ettim, öğrendim. Şimdi arabanın her yeri vurulmuş durumda ama tam bir Şoför Nebahat oldum! Eee ne demişler, "No pain, no gain." Neyse, Gamze benim için çocuğu hemen aradı. Çocuk, "Yarın iş çıkışı gelsin, evi göstereyim" demiş.

Ertesi gün, işten belki de tarihimde ilk defa tam zamanında çıkıp hemen eve gittim. Kapıyı, yemyeşil gözleri, Tom Cruise boyu ile hikâyemizde artık ismi ile yer alacak olan Can açtı! Çocuğu görür görmez hormon değerlerimde uzun zamandır olmayan şeyler oldu. Evi falan kısa süreli unuttum, direkt mevzuya girmek istedim, Can'ım benim, seni anan benim için doğurmuş!

Yok artık Ebru Yaşar mı?

"Ebru çok tatlısın ama tam tanışma anı, başka zaman görüşsek?"

"İnşallah check list'te patlarsın, puff..."

Sahi ya, benim bir check list'im vardı. Soner gerçekten her güne sana küfür ederek başlasam az kalır. Check list'imi bile unuttum, neler vardı? Telefonuma bakmam lazım. Neyse bu buluşma sayılmaz. O zaman düşünürüz.

Hemen evi gezdirmeye başladı. Adama bakmaktan eve odaklanamıyordum. Kafamı toparladım, küçücük bir ev. Salonun önünde kocaman bir ağaç var. Dallarının arasından Boğaz'ı bile görüyorsun. Minnacık bir mutfağı var ki zaten bu umurumda değil. İki odası var. Yatak odası olacak odanın camı ormana bakıyor, perde bile kullanmana gerek yok. Ev muhteşem. Can'a döndüm, kirasını sordum, gayet makuldü. "Tamam, tutuyorum" dedim. Beni ev sahibi ile tanıştırdı, üst katımda oturuyor. Normalde sıkıntı olacak bir durum ama şu bedbaht hayatımda çılgın partiler ihtiyaç listemin en sonunda olduğu için önemsiz bir ayrıntı. O işi de hallettikten sonra Can'a dönüp, "Çok teşekkür ederim, izin ver sana bir yemek ısmarlayayım" dedim. Belki muhabbet ilerler, kim bilir? O, "Hafta içi erken biten bir yemekle kurtulamazsın, sana büyük bir iyilik yaptım, hafta sonu bol muhabbetli bir yemek yiyelim" dedi. Saçma sapan gülümseyerek, "Tamam" dedim. Adam hakkında en ufak bir fikrim yoktu. Sadece ev hakkında konuştuk ama belli ki o da bana göz koymuş. İstediğim adamları etkilemek konusunda bir dünya markasıyım. Resmen, ben seçilmem seçerim!

BÖLÜM 17

Allah Ceza'mı Verdi!

Can'ın evinden çıkar çıkmaz olan biteni kızlara bir nefeste anlattım. Gamze'ye de çok kızdım, "Madem böyle bir portföyün var, nasıl bana söylemezsin!" diye. "Aşk acına bulaşmak istemedim" dedi. Ulan sen demedin mi bana birkaç adamla takıl geçer diye? Açsana önümü, salsana beni! Ayrıca insan uyarır, "Bak kanka, Can'ın gideri var, ona göre giyin" diye... (Evet beyler, "gideri var" lafını sadece siz kullanmıyorsunuz, tüm kadın milleti de sizin için gideri var/yok'u kullanıyor. Bir dost.) Allah'tan çocuğu ayarladık, bu cumartesi Haliç'te bir balıkçıda buluşacağız. O zamana kadar çalış Sertab çalış.

Zaman içindeyken hep zor geçiyor ama geriye dönüp baktığında inanılmaz hızlıymış gibi geliyor. Göz açıp kapayana kadar cumartesi geldi. Maaşımın artmasının verdiği gazla kendimi Zara'da buldum. Güzel bir pantolon, üstüne de çok havalı bir kazak aldım. Yıllar sonra gerçekleşecek ilk randevuma helali hoş olsun.

Buluşma zamanı geldi çattı. İçimde saçma bir heyecan vardı. Bu akşam kesin bombastik bir şey olacaktı, bu da sana girsindi Soner!

Bütün gece sanki yüz yıllık arkadaşmışız gibi konuştuk. Fon yöneticisiymiş. Türkiye'de değerlenen yatırımları bulup yurt dışındaki fonlara satıyormuş. "İlk başta dünyanın en sıkıcı işiydi benim için ama içindeki alicengiz oyunlarını anlayınca eğlenceli bir iş olduğuna kanaat getirdim" dedi.

Babylon'da Ceza konseri vardı ve Strong FM sponsoruydu. Bu işte çalışmamın en güzel yanı da bu galiba. İstediğim her konseri en önden ve bedavaya izleyebiliyordum. Can ile yemekten sonra oraya gitmeye karar verdik. İçimden bir ses bu gece çok güzel olacak diyordu. Asmalı Mescit'e geldik, önce Parantez'e girip mojito içtik. Hiç susmuyorduk, birbirimizin gözlerinden gözlerimizi ayırmıyorduk, şimdi kendi ilk buluşmalarınızı düşünün, hep öyle olmaz mı? Eğer başkaları tarafından ayarlanmış bir buluşma değilse, iki taraf da bile isteye o randevuya gelmişse, o gözler asla birbirlerinden ayrılmaz. Bu durum, randevu ilişkiye dönerse bir ay daha devam eder ve o anların tadını hiçbir şeyde bulamazsın. O kadar özlemişim ki bu duyguyu, yine o hararetle bir şey anlatırken ve ben gözlerine dalıp gitmişken bir anda dayanamadım ve dudağından öpüverdim. Hayatımın Mr. Big'i Soner olabilirdi ama bence Aiden da Can olacaktı. "Ben Carrie gibi olmayacağım, bana değer veren, beni dinleyen Aiden'a gideceğim" diye adamı öpüverdim.

Dışarıdan bakıldığında en az beş yıllık manitalık hayatı görünen biz, Ceza konserinde o kadar eğlenmiştik ki, mekânı el ele terk edecek kıvama gelmiştik. Babylon'dan sarmaş dolaş çıkıp Pera Taksi'nin yolunu tuttuğumuz anda tüm geceyi, o gecede yaşadıklarımı ve hissettiklerimi paramparça edecek manzara ile karşılaştım. Bir buçuk yıldır görmediğim Soner kanlı canlı karşımdaydı. Tek başınaydı ve bana doğru yürüyordu. Gayri ihtiyari Can'ı itip kendimden uzaklaştırdım. Soner her şeyi gördü, o koca gözlerini kısarak bana baktı, sanki benden nefret ediyordu. Hiçbir şey yokmuş, biz hiç tanışmıyormuşuz gibi yanımdan geçti gitti...

O yanımdan geçti gitti, ben bittim... Hayatımdaki her şey yine sıfırlandı. Can'dan nefret ettim, onu ilk buluşmada öpmemden nefret ettim, kendimden nefret ettim, aşkımdan nefret ettim. Tek istediğim Can'dan olabildiğince uzaklaşmaktı. Son 4-5 saattir yaşadığım her şeyden nefret ediyordum. Soner'den sonra ikinci defa birini öpmüştüm ve sonuç aynı olmuştu. Öpme eylemi bende kendimden nefret etme sonucunu doğuruyordu.

Can'a gece için teşekkür edip olan biteni hızlıca anlattım. Kendime söz vermiştim, Soner'in bana yaptığının yüzde birini bile hayatım boyunca kimseye yapmayacaktım. Durum neyse o! Ondan her zaman farkım olacaktı, o fark da dürüstlük ve cesaretti! Tabii adama olan biteni anlatınca kısa süreli bir şaşkınlık yaşadı. Ama sonra bana dönüp, "Sakın bunu bir işaret olarak düşünüp hayatını mahvetme" dedi, "Tamam, yeni bir şeylere hazır değilsin ama zamanla geçecek, bunu lütfen unutma!" Yanağımdan öpüp beni taksiye bindirdi.

Adam beni aldatmış, üstüne terk etmişti, peki neden şu an takside suçluluk duyan bendim? Hâlâ cevabını aradığım sorudur. Camdan bakarken yanımda birinin olduğuna artık emindim, yaşadığım her olayın şahane bir şarkısı var. Emel Abla'ya öğretemedim ama olsun, varlığı yeter. Kafamı çevirdim ve bingo! Özcan Deniz! Gerçek bir jön! Adam hayal bile olsa insanın içini titretiyor. Beni bilirsiniz, hemen Özcan Deniz'e kısa çaplı yürüdüm ama hiç oralı olmadı. Konuya geçip, "Bu akşam yaşadığım kader değil de neydi Özcan?" dedim. Bu arada fark ettiyseniz adama "abi" demedim. Hayal de olsa benim hâlâ umudum var!

"Sana ne söyleyeceğimi tahmin ediyorsundur Sertab, çünkü tüm cevaplarım bu şarkıda" dedi ve başladı söylemeye...

"Yok bir sitemim, hayatta her şey kısmet
Soldu gençliğim, ömrümü aşkla ziyan ettim
Ağla gönlüm, nasip değilmiş vuslat
Rahat uyu yar, sana hakkımı helal ettim..."

Ve puff... Özcan gitti ve ben fark ettim ki bu hikâye bayağı romantik komedi! Artık direnmiyorum.

BÖLÜM 18

Akışına Bıraktım

Ertesi gün soluğu Mertol'un kahve dükkânında aldım, bu arada gerçekten İstanbul'un artık her köşesinde bir kahveci vardı. Bu Mertol'un dedikleri birebir çıkıyor. Soner'le ilgili diyeceği bir şeyler var ve kesin çıkacak. Umarım işime gelir.

Olan biteni tüm ayrıntısına kadar anlattım, bu kader değildi de neydi, Can beni taksiye bindirmeden bana üstüne basa basa bunu kadere bağlamamam gerektiğini söylese de bence yanılıyordu. Bir buçuk yıldır kapısına dayandığım zaman bile adamı görememiştim. Sonunda bir randevum vardı ve her şey değişecekti. Tak, adam yanımda bitivermişti. Böyle saçma karşılaşmalar sadece filmlerde olurdu, demek ki filmlerde sahiden gerçek hayattan esinleniyorlar. Yani bu olaylar hep birinin bir zaman başına gelmiş şeylerdi, bakın benim de başıma geldi. Kısacası hem yumurta tavuktan hem de tavuk yumurtadan çıkıyordu. Mertol'un yorumu tam bir erkek yaklaşımıydı tabii ki, Can'ınkinden farklı değildi:

"Denk gelmiş, anlam arama. Adam isteseydi gelirdi, adam isteseydi arardı."

Erkeklerin beyin yapısından nefret ediyordum. Bu ne abi, neden her şeye böyle düz bakıyorlar? Hayat bu kadar düz değil. Bu kadar basit de değil. Bir sürü dolambacı var. Oldu da bitti maşallah tavrından tüm kadınlığın sıdkı sıyrıldı. İlişki yaşarken de görüyoruz bu adamları biz, her konuda farklı farklı fikirler, kararsızlıklar ama iş ayrılığa gelince adamlar bir anda düzleşiyor. Bence tamamen öyle davranmak istiyorlar, işlerine geliyor. Düz olmak erkekliğin şanına yakışır sanıyorlar ama biz kadınların karşısında odunluktan öteye geçemiyorlar. Kadınlar da bu kadar saydırdığı bir cinse neden bu kadar prim veriyor, onu da anlamış değilim.

Mertol'dan istediğimi alamamıştım. Daha doğru bir deyişle, duymak istediklerimi söylememişti. Hemen Harika'yı aradım, lokasyon olarak en kolay ona ulaşacaktım, telefonda konuşulacak iş değildi. Gerçi o da erkek kafasından halliceydi ama Soner konusunda kendini aşmıştı, kesin daha net bir açıklaması vardır. Her şeyi ona da bir çırpıda anlattım. Kahvesinden bir yudum aldı ve konuşmaya başladı.

"Bir kitap okudum geçen günlerde, insanoğlunun büyük bir enerjiden oluştuğunu anlatıyordu. İnsanın o enerji ile hayatta istediği her şeyi yapabileceğinden bahsediyordu. Yani bir şeyi kırk kere söylersen olur deyimi boşuna değil. Sen o gece Soner'i oraya çağırdın aslında. Can ile hiçbir surette bir şey yaşamak istemedin, Soner seni görsün istedin ve o kadar yoğun bir şekilde istedin ki bunu, oldu."

Konuşmaya ilk başladığında içim çıkacak gibi olmuştu ama sonra mantıklı geldi. Eve giderken Harika ve Mertol'un dediklerini düşündüm, aslında ikisi de çok haklıydı. Olay tamamen benimle alakalıydı. Soner'in konuyla alakası yoktu. Olsaydı, hayatımın bir şekilde bir yerinde olurdu. Ben görmek istedim diye görmüştüm ve olaysız dağılmıştık. Hayatıma kısa süreli bir aksiyon katmasından öteye de geçememiştik. Hadi artık, olaysız dağılalım ve her şeyi her zaman olduğu gibi akışına bırakalım. Çünkü bıraksan da bırakmasan da her şey olacağına varıyor.

BÖLÜM 19

İyi Geceler Sertab

İşleyen demir ışıldar lafına ya da aşk acısına en iyi gelen şeyin çalışmak olduğuna inandığımdan kendimi yine sadece işe verdim. Hayatımda işten başka hiçbir şey yoktu. Gece gündüz tek derdim işti. Sanırsınız Strong FM benim. İşle Cemal Bey'den daha çok ilgileniyor, en ufak yanlış beni deli etmeye yetiyordu. Bir gün satış ekibinden normalde çok sevdiğim Cemre'nin üzerine yürümüştüm. Yayın akışına aykırı bir içerik sattığı için o kadar yüksek sesle bir kavgaya tutuşmuştuk ki herkes bizi izliyordu. Ben yine hararetle onunla tartışırken bir anda Burak kolumdan tutup beni dışarı çıkardı. Tuvaletlerin önüne kadar getirdi. "Şimdi içeri gir, aynaya bak ve aynadaki kadın sen misin değil misin karar ver" dedi. O kadar kesin bir dille bunu bana söylemişti ki dediklerini harfiyen yapmaktan başka çarem yoktu. İçeri girdiğimde beni her kötü anımda olduğu gibi Emel Abla bekliyordu. Lavabonun yanına oturmuş, bana bakıyordu. Çok üzgündü. "Ne oldu Emel Ablacığım, neden bu kadar üzgünsün?" diye sordum, kendi derdimi unutmuştum bile. O narin sesiyle hemen konuşmaya başladı.

"Seninle ilk tanıştığımız günü hatırlıyorum da ne kadar mutluydun, gözlerinin içi gülüyordu. Hep bir arayış içerisinde gibiydin ama aslında senin hayatının gayesi, eğlencesi, mutluluğu da tam da oydu. Her hayal kırıklığından hemen sıyrılıp kendine yeni bir mutluluk buluyordun. Şu haline bak, hadi dön de şu haline bak, hırsları tarafından ele geçirilmiş bir kadınsın, bu sen değilsin, içinden başka biri çıktı sanki."

Hemen araya girdim.

"Ama Emel Abla, büyüdüm! Artık sorumluluklarım var, hayat da böyle bir şey değil mi?"

"Şu ciddi konuşmayı bölmek istemezdim ama o kadar da büyümedin, içinde hâlâ eski Sertab var, baksana iş yerinin tuvaletinde ayçiçek konseptindeki sahne kostümü giymiş benimle konuşuyorsun. Yani Sertabcığım, içinde bir yerlerdeki eski kızı yeniden çıkar, bu şekilde cidden hiç çekilmiyorsun."

Puff...

Bu sefer şarkı da yoktu. O gider gitmez aynaya baktım, yüzümü yıkadım, tekrar baktım. Işıldamak bir yana, gözümün feri gitmişti. Cidden ne olmuştu bana, ne zaman radyoyu bırakıp NASA'da göreve başlamıştım? Nedir bu ciddiyet, bu hırs... Hani insanlara mutluluk dağıtıyorduk, hem de bedavaya... Mutsuz insan mutluluk dağıtabilir miydi? Dağıtamazdı ama içimden hiç gelmiyordu. Çok kızgındım Soner'e ama en çok kendime, ben de tüm hırsımı hayatımda kalan tek şeye, işime akıtıyordum. Ne kadar büyük bir hata yapmıştım mutluluk taşlarımı ona bağlayarak. Hep söylüyorum, insan iç huzurunu sadece kendinde bulmalı, işe güce, manitaya bağlamamalı. Kendi kendine mutlu olmayı öğrenmeli. Çünkü her şey gelip geçiyor, gün sonunda tuvalet aynasının karşısında yapayalnız kalıyorsun. İşte tam da bu anlar için baktığın şeye âşık olman lazım. Onu eğrisiyle doğrusuyla çok sevmen lazım. Hadi Sertab, ders bir, kendini sev! Ama önce git kalbini kırdıklarından özür dile.

Hemen Cemre'nin yanına gidip özrümü diledim. Yerime geçip oturdum, kulaklığımı taktım, şarkımı açtım, bu sefer şarkımda sadece kendimi düşündüm. En azından düşünmeye çalışıp bir adım attım. Derin derin nefesler aldım ve kızlara mesaj attım: "Hadi akşam dışarı çıkıp biraz dans edelim." Beklenmedik şekilde hepsinin programı uydu ve biz yine Beyoğlu'nda, bu sefer Cavit'te rakıyla geceye başladık. "Sokak Lambası" diye yeni bir grup çıkmıştı, bizim Türkçe çalan radyoda da çalıyordu şarkıları. Onların performansını izlemeye karar verdik. Mekâna erken gittiğimizden en önde çok güzel bir yerde çıkmalarını bekledik. Bir saat sonra grup çıktı, işimden dolayı tabii ki tüm şarkılarını ezbere söylüyordum. Shot'lar gidip geliyor, hepimiz deliler gibi dans ediyorduk. Bir ara grubun solistine gözüm takıldı. Bana bakıyordu, herhalde şarkıları ezbere söylüyorum diye düşündüm ama yok, adam bayağı bana bakıyor. Burcu Abla yanaştı sonra yanıma, "Solist gözlerini senden alamıyor, farkında mısın?" dedi. Ne yalan söyleyeyim, hoşuma gitti. Son zamanlarda o kadar asosyal olmuştum ki, biri tarafından göz hapsine alınmak bayağı iyiydi, ama bayağı! Performanslarının sonlarına doğru cover söylemeye başladılar, en son şarkılarında olanlar oldu.

"Derdime derman işte çokolat kız
Bir yandan çokolat hastasıyız
Derdime derman işte çokolat kız!"

Adam bu şarkıyı rock versiyonu ile resmen beni işaret ederek söylemeye başladı! Sahnede olan adam her zaman cazibe merkezidir, tipine baktığımı bile düşünmüyorum. Ama o an, o anın büyüsü, şimdi düşününce bile tadı damağımda kalan anlardan biri bence! Şarkı bittikten sonra sahneden indiler, tüm izleyiciler tekrar çıkmaları için deli gibi alkışlıyordu, bir anda solist olan çocuk sahneye tek çıktı ve konuşmaya başladı.

"Normalde hemen sahneye çıkardık ama şu an bir kadınla tanışmam lazım, eve gitmesinden korkuyorum, eğer eve gitmeyeceğine söz verirse bir değil iki şarkı söyleriz, bu akşam keyfim yerinde!"

Tüm bunları beni işaret ederek söylüyordu, bir insan ağzını ne kadar açarak gülebilirse ben de tam o şekilde gülüyordum. Çok uzun süredir ilk defa bu kadar içten gülüyordum. Göz işareti ile tamam dedim.

"'Tamam'ımı aldım, o zaman başlayabiliriz" dedi ve iki şarkıyı bir çırpıda bitirdi, sahneden indi. Kızlar, "Bu anı bozmak istemiyoruz, bize müsaade" deyip ayrıldılar. Harika en sonunda kulağıma eğilerek, "Bunu benden ilk defa duyacaksın ama sonunu düşünme Sertab, an neyi gerektiriyorsa gelişine vur" dedi. Harika'dan en son duyacağım cümlelerdi bunlar. Artık gerçekten nasıl görünüyorsam dışarıdan, kızı bile yoldan çıkarmıştım.

Konser sırasında bulunduğum noktada solisti beklemeye başladım. İsmi hakkında en ufak bir fikrim yoktu. İnsanlar yavaş yavaş mekânı terk ediyordu. Kafamı çevirdiğimde bana doğru koşarak geldiğini gördüm. İlk başlarda alkolden sandığım ama gündüz gözü ile de aynı etkiyi yaratan kocaman, haylaz gülümsemesiyle bundan sonra hikâyemizde Efe ismiyle anılacak olan adam tam da yanımdaydı. Bembeyaz dişleri vardı, gülünce gözlerinin içi gülüyordu. Gözleri kahverengiydi, biliyorum check list'ime çok uygun değil ama o kadar güzel bakıyordu ki, sokayım check list'e, eşek kadar oldum zaten, o da ne! Hemen konuşmaya başladı.

"Beni kırmadığın için çok teşekkür ederim, sana emrivaki yaptım ama gidersen çok üzülürdüm. Sen müzik dinlemiyorsun, sanki notaların içine giriyorsun, çok etkilendim. Seninle tanışmasaydım ölene kadar senin nasıl bir kadın olduğunu, kızdığında ne yaptığını, en sevdiğin yemeği, şarkıyı, şarkıcıyı, uyurken neye benzediğini hep merak edecektim."

Tüm bunları bitmeyecek gibi görünen yaşam enerjisi ile bir çırpıda söylüyordu. Bense sadece ona bakıyordum. Kalakalmıştım resmen. Hızlı bir toparlama ile konuşmaya başladım.

"Adım Sertab, istersen bununla başlayalım. En sevdiğim şarkıyı söylemem, o bana özel, başkasının o şarkı ile arama girmesinden hoşlanmıyorum. Bir kere paylaştım, çok pişman oldum. En sevdiğim şarkıcı Emel Sayın, onun da nedenini anlatmam, onunla aramda çünkü. Şimdilik bence bu kadar yeter, gerisi, kim bilir, belki zamanla..."

Erkeklerle ilişkilerimin başında bu kadar havalı olup sonunda nasıl kapıya dayanma seviyesine geldiğime dair hiçbir fikrim yok. O gece başka hiçbir şey konuşmadık, telefon numaralarımızı aldıktan sonra beni taksiye bıraktı. Bindirdikten sonra cama tıkladı, "Yarın görüşürüz Sertab, Karaköy'de balık ekmek yeriz" deyip taksiciye döndü: "Abi sana emanet."

Bir insan hem rock müzik yapıp hem de içinde nasıl bir Aynalı Tahir besler, anlamış değilim. İtici buldum mu, hayır! Tek düşündüğüm, "Yarın iş ne zaman biter de ben Efe'yi görürüm"dü. Takside yeni favori şarkımı açıp dinlemeye başladım. Ama bunu size bile söylemeyeceğim, o şarkı sadece benim.

BÖLÜM 20

Nuri Bilge Ceylan

Tüm hikâye boyunca hep romantik komedilerden bahsettim, bunun nedeni çok iyi bir izleyici olmam. Hayatta beni en çok mutlu eden şey romantik komedi filmi izlemek olabilir. Yoga gibi bir şey benim için, bir film izledikten sonra hayatla ilgili ne kadar kaygım varsa uçup gidiyor. Mesela, filmlerde en çok dikkat ettiğim şey, kadının hayatına aşk girdiği an işinin ikinci plana atılması. Sonraki sahnelerde işle ilgili doğru düzgün bir şey görmüyorsun. Kendini tamamen esas kız ve esas oğlana verebiliyorsun. Gerçek hayatta ise işler bambaşka. Ne kadar güzel, şiirsel bir akşam yaşarsan yaşa sabah dokuzda o masanın başında olacaksın. Ruhsal olarak nerede olduğunun önemi yok; bedenin orada tuşlara rastgele de bassa, işinin başındasın.

Efe ile yaşadığım o akşamdan sonra ben de her fani gibi işimin başındaydım. Burak'a olan biteni hızlıca anlattım. Radyonun Türkçe çalan bölümündeki Emir ile konuşmamı istedi. O Efe'yi çok iyi tanırmış. "Bolca tüyo alırsın" diye ekledi. Sanki benden çok o mutluydu. Yıllar sonra, yüzümü tam da istediğim gibi güldüren biri çıkmıştı karşıma. Hem de ben müziğin bu kadar içindeyken... Öğle arasında hemen Emir'in yanına oturdum. Çok detay vermeden Efe hakkında bilgi almaya çalıştım. Zaten niyetimi anladı ve beni yormadan başladı anlatmaya...

"Değişik bir çocuk, çok yetenekli. İleride çok sağlam bir yere geleceği kesin. Ama bu kadar yetenekli müzik adamlarının ortak sorunu olarak çocuk biraz kayıp. Bazen çok mutlu, bazen çok dipte. İyi içer, iyi gezer. Çalmadığı her akşam dışarıdadır, birilerini dinler. Ama biz normal insanlar için biraz zor. O hayatla başa çıkabilmen için, o hayatta olman lazım. Adamla sabaha kadar Rock'n Roll takılıp dokuzda işte olman ya da onun seninle birlikte hafta içi dizi izleyip on birde uyuması sıkıntı yaratabilir. Tabii sen bilirsin, çocuk çok popüler."

Soner'den sonra böyle bir adam bulma konusunda kaderimi tebrik ediyorum. Burada benim hiç suçum yok, çünkü önce o başlattı. Sanat dünyasını çeken bir yönüm var demek ki. İlham verdiğimi düşünüyorum onlara. Öğleden sonra çok önemli bir toplantım vardı. Artık kendimi toplamalı ve işe dönmeliydim. Toplantıda Cemal Bey de vardı, normalde toplantılarda susmayan ben, bu toplantıda ağzımı açmamış, ölü taklidi yapmıştım. Toplantı sonunda Cemal Bey bana bakarak, "Sen bekle" dedi. Herkes çıktıktan sonra konuşmaya başladı.

"Bugün yok gibiydin, markamız için böylesine önemli bir konuda ve bu işin başında sen varken nasıl bu kadar tepkisiz kalırsın? Aklına yatmayan bir şey mi var?"

"Valla Cemal Bey, dün bir çocukla tanıştık, siz de bilirsiniz, Türkçe listesinde üç numarada. Neyse, bu çocukla akşam yemeğe çıkacağım, açıkçası akşam ne giyeceğim şu an hayatımın ana gündem maddesini oluşturuyor. Bir de sizce ilk buluşmada çocuğu öpmeli miyim? Çünkü son iki öpüşmem çok iyi gitmedi, bu konu aklıma çok takılıyor. Siz de erkeksiniz sonuçta, ne yapmalıyım? Bir de saçlarım sizce dalgalı mı, düz mü daha iyi?" demek yerine, "Biraz rahatsızım, kusura bakmayın. Konuyla ilgili düşüncelerimi size mail olarak atacağım" diyerek odasından çıktım. Artık romantik komedilere ara vermek istiyorum. Çok kandırıyorlar bizi. Nuri Bilge Ceylan, Coen Kardeşler kıvamına geçeceğim. Hem dışarıdan daha havalı olurum, sonuçta sanatçıları çeken bir yönüm olduğunu artık biliyoruz.

Aşağı iner inmez hemen eşyalarımı toparlayıp, "Birkaç küçük işim var" diye işten çıktım. Önce eve gidip güzel bir banyo yaptım, sonra hayatımdaki yeni gelişmenin şerefine "elbet bir gün giyerim" bölümünden kendimce en havalı olan kıyafeti giyip hemen kuaföre gittim. Saçımı sanki kendim kurutmuş gibi görünsün brief'ini kuaföre verdikten sonra artık hazırdım. Hazır olduktan sonra fark ettim ki bugün Efe bana mesaj atmamıştı. Günün heyecanına kendimi kaptırmış, adamın benimle iletişime geçmediğini unutmuştum. Kuaförün önünde resmen kalakalmıştım. Durumu hızlıca kabullenip kendimi eve attım, üstümdekileri çıkardım, saçımı topladım dışarıdan yemek söyledim. Çok garip bir şekilde hiçbir şey hissetmedim, galiba bir erkek için üzülme limitimi Soner'de sonlandırmıştım. Kendime bugün söz verdiğim gibi *Bir Zamanlar Anadolu'da* filmini açıp izlemeye başladım. Film beni o kadar etkiledi ki, Efe'yi unutmuştum bile. Hayatta herkes ne kadar büyük konuşursa konuşsun iş kendine gelince o hesapların peşine düşüyor. O kadar gerçekti ki! Filmin nasıl bittiğini anlamadım bile. Film bitince yatak odama geçip karşıdaki ağaçları seyretmeye başladım, içimden Efe'ye çok teşekkür ettim, uzun süre sonra hayatta işten başka şeylerin olabileceğini hatırlattığı ve yüzümü böyle içten güldürdüğü için... Sonra da mis gibi uyudum.

Sabah uyanıp doğru işe gittim. Gerçekten Cemal Bey'e söz verdiğim gibi dünkü toplantıda konuşulan konu ile ilgili fikirlerimi ona mail atarak ilettim. Burak'ın yanına gidip olan biteni anlattım. Artık onunla aynı odada değiliz, terfi almamın en kötü yanı da bu oldu, artık başka yerdeyim. Burak ile çalışırken olan huzurum ne yazık ki yok...

Son iki gündür yine derin düşünceler içerisindeyim. Herkesin sevdiği şeyden para kazanması konusunda hemfikirim ama buna zorunlu olma konusu beni bir tık germeye başladı. Her gün aynı enerji ile masanın başında olmak belki de beni gergin yapan yegâne şey. Artık resmi olarak dijital çağdayız, ofise bu kadar bağlı kalmak sizce de çok saçma değil mi? Hayatının her zaman aynı ritüelde gitmesi gerekiyor. En ufak bir hareketlilik tüm tekdüzeliği bozmakla birlikte saniyesinde göze batmaya başlıyor. Japonya'nın ekonomisinin bombadan sonra düzelmesi için insanlara öngörülen tek şey çalışmakmış. Onlar olmasa dijital çağa da muhtemelen giremeyecektik ama adamların elinden işi alın, geriye hayatlarından bir şey kalmıyor. Bu da beni çok korkutuyor; evet, o kadar önemli şeyler yapmasam da bir farkım yok. Yılda on beş gün izinli olmak ve yemek yiyebilecek parayı kazanmak için rutinlerinden vazgeçmemen lazım. Yoksa aç kalır, kiranı ödeyemez, ablanın evine taşınır, sonunda da Edirne'ye, baba evine dönersin. Bunları istemiyorsan, yılda iki hafta dağıt, sonraki günlerde dokuzda işte ol! Bu konuya acil bir çözüm getirmem lazım. Bir ara tekrar bu konuyu ele alacağım. Şimdi Emir ile sponsorlu video işini konuşmam lazım.

Emir'in odasına girdiğimde Nuri Bilge Ceylan filminden çıkıp Julia Roberts'ın herhangi bir filmine hızlı bir geçiş yaptım. Efe kanlı canlı karşımdaydı, odada Emir'le konuşuyordu. Kısa bir davranış bozukluğundan sonra, "Toplantınızı bölmeyeyim, sonra konuşuruz Emir" diyerek odadan çıktım. Efe arkamdan koşarak geldi. Sanki ona onlarca soru sormuşum gibi konuşmaya başladı.

"Senden ayrıldıktan sonra geceye devam ettik. Biraz içmişiz, eve geldiğimde telefonumun yanımda olmadığını fark ettim. O kadar üzüldüm ki... Sana anlatamam ama biliyordum seni bir daha göreceğimi! Çok özür dilerim gerçekten, ama hatamı telafi etmek istiyorum, hadi bu akşam balık ekmek sözümü tutayım, ne olur!"

Beni bilirsiniz, ilk zamanlar havalı bir kadın oluyorum. Bu sebeple sadece gülüp, "Hiç sorun değil; bir gün önce, bir gün sonra bir şey fark etmez. Aslında iyi oldu, dün çok işim vardı, ofisten de geç çıktım" deyiverdim, yani alt metin olarak, "Senin telefonunu mu bekleyecektim geri zekâlı!" demiştim, ki aslında geri zekâlılığı iki seviye yukarıya taşıyarak telefonunu beklemeden gelin güvey olup gece için hazırlandım ama bu sır benimle mezara kadar birlikte gidecek. Telefonlarımızı tekrar aldık, akşam buluşacağımız yeri belirleyip ayrıldık.

Bu sefer ne kuaför vardı ne de "elbet bir gün giyerim" dolabı. Tepeden topladığım saçlarım, beyaz tişörtüm ve jean pantolonum. Hadi bakalım Sertab, ilk buluşmada öpüşmez ve Soner'i görmezsen, sanki oldu bu iş.

"Aaaa Teoman! Ben de tam bölümü bitirecektim, ruh halim şu an stabil, sonra mı görüşsek?"

"Aslında tam zamanı, ilk buluşmadan önce uyarmak istedim seni, sonuçta hukukumuz eskiye dayanıyor. Hatırlar mısın, sen lise ikideyken aldığın ilk CD benimkiydi, beraber şarkı söylerdik odanda. Ne günlerdi!"

"Yaa di mi? Annemler beni ders çalışıyor sanırdı, biz odada Kemancı ortamı yaratırdık."

"Tabii aslında o anda muhtemelen ben de Kemancı'daydım, güzel günlerdi."

"Ben İstanbul'a gelene kadar kapanmıştı, hep merak etmişimdir oradaki ortamı. Herkes efsane olarak anlatır."

"Öyleydi tabii, ama konumuz bu değil. Seni uyarmaya geldim, benim gibi tipler ilk zamanlar iyidir hoştur, seni tepelere çıkarır, sonra da bırakmaz aslında Soner gibi ama daha beterini yapar. Bir sabah bir uyanmışsın, zaten diptesin. Sen bile anlamazsın nasıl olduğunu. Dikkat et Sertab, her zaman olduğu gibi kafanın dikine gidersen, bir sabah uyandığında bu hayatını mumla arayacaksın, çünkü hiçbir şey eskisi gibi olmayacak."

"Bence yaşlandın sen... Bana bir şey olmaz, merak etme, hadi bir şarkı söyleyelim eskilerden, benim üç metrekare odamda söylediklerimizden..."

"Hiç şansın yok, sesin çok kötü, sadece ben söyleyeceksem okey."

"Öff tamam, hadi sen söyle..."

"Bu akşamüstü yine ben otururken penceremde
Yorgun gün sırtımda
Sağda solda insanlar görüyorum
Hepsi birden koşuyorlar mutlu yarına
Birkaç gün evvel olsaydı
Ben de koşardım onlarla
Bugün ben kaybettim

Benim için yarın olan tek sevgim, kime ne?
Şimdi ben gülüyorum
Her şey tatsız ve anlamsız bugün artık
Yarından bana ne
Bundan sonra tek başıma ben
Ne yaparım, nereye giderim boş umutlarla?
Bir kenarda durup herkesten
Yardım mı beklesem gözümde yaşlarla?
Her gün uğraş, her gün kaybet
Bak olmuyor, aldanma!.."

"Gerçekten umut dolu sözlerdi, verdiğin gaz için teşekkürler."

"İşimiz bu, hadi ben kaçtım. Bölümü bitir sen de..."

Bölüm bitti.

BÖLÜM 21

Olaysız Dağılmayalım

İkimiz de söz verdiğimiz saatte buluşma yerindeydik. Efe hep gülüyor, hep güldüğü için yüzünde bir sürü çizgi var. Hepsi o kadar karakteristik ki sanki hepsinin ayrı hikâyesi var. Görür görmez bana sarıldı. Enerjisi çok farklı, sarılması size batmıyor, içinden sevgi fışkırıyor çünkü. Çocuk gibi. Benim Aidan'ım Efe olacak ve evet, hayatıma her giren erkek Soner'den sonra Aidan olacak galiba. Balık ekmeklerimizi alıp oturduk bir banka. Soner'le hiç yapamadığımız bir şekilde... Kimse umurunda değil onun, sana bakınca hissediyorsun. Bolca işten güçten konuştuk, ne kadar eğlenceli bir şeymiş aynı sektörden olmak. İkimiz farklı açılardan bakıyoruz ama aynı dili konuşuyoruz, bu konuşma bana işimi daha da sevdirdi. Sonuçta manitacılığa da yarayan bir yönü olması çok havalı. Güneşin batışını beraber izledik, bir anda kocaman gözleriyle bana bakıp konuşmaya başladı:

"Müzikle uğraşmak bir nevi yazarlık. Çok farkı yok ikisinin. Durmadan gözlemliyoruz insanları, dünyayı, olayları. Hele ki konserlerde... Mesela benim en çok şarkı yazdığım zamanlar konserlerden sonra. Şarkı söylerken spotları çok üstüme istemem izlemek için. İnsanlara bakar, hikâyeler çıkarırım, sonra da eve gider yazarım. Bazen tüm konser boyunca sadece bir kişiye bakarım, onun hikâyesini hayal ederim. Yazdığım şarkı da onun şarkısı olur. O gece hep sana baktım, seni çözmeye çalıştım, hikâyeni yaratmaya çalıştım ama ilk defa olmadı. Çok derinlerde bir yerlerde bir şeyler saklıydı sanki."

Çocuk resmen beni dünyanın en havalı kadını yaptı bir anda. İlişkinin başında bu konuyu açıklığa kavuşturmak boynumun borcuydu. Kimsenin kimseyi kandırmaya hakkı yok. Biliyoruz da yazıyoruz, zamanında yaptık, çalışmadı.

"Efeciğim, seni bu konuda tatmin etmeyi gerçekten çok isterdim. Buğulu buğulu uzaklara bakıp, 'Zamanla belki Efe' demek falan... Lakin bana şarkı yazamamanın nedeni öyle derinlikler değil, sığlıklar, normallikler olabilir. Hayatında tanıyıp tanıyabileceğin en normal insanla karşı karşıyasın. Kiramı ödemek için çalışıyorum, romantik komedi filmlerine bayılıyorum, gelinlik modelim hazır, moda dergileri benim için bir nevi dünya klasiği, içki içince ilkokul numarama kadar öğrenebilirsin; kısaca durumumuz bu. İlk buluşmamızda evlenmek istediğimi söylediğime göre koşarak uzaklaşabilirsin çünkü bir önceki ilişkimde bunu söyleyememiştim. Şimdi en başından söylüyorum, aman diyeyim, bana beraber yaşayalım falan deme. Annemlerle kavgaya girmek istemiyorum. Evet, aynı zamanda inanılmaz derecede normal bir Türk ebeveynine sahibim. Son olarak söyleyeyim, bu gece öpüşmek yok, son iki randevumda öpüştüm ve hüsranla sonuçlandı. Totem yaptım, öpmeyeceğim seni. Diyeceklerim bu kadar. Şimdi gözlerimi kapatıp üçe kadar sayacağım, buradaysan, her şeye okeysin demektir. Değilsen arkandan bir iki küfür eder, belki Strong'da şarkılarını az çaldırırım. Şaka şaka, yapmam. Öyle bir hakkım yok zaten, ama beddua ederim ki bu konuda eski sevgilimden sağlam idmanlıyım."

Gözlerimi kapattım ve saymaya başladım. Artık emindim, Soner'den sonra bir erkek için daha fazla üzülemezdim. Neyse o... Saymam bittiği an gözlerimi açtığımda yanımda yoktu. "Yok artık!" deyip çevreme baktım, yok yok, adam resmen yok. Hayır, her şeyi anladım da üç saniyede ne kadar uzağa gidebilirsin ki? Emin olmak için tekrar baktım çevreme, adam resmen yok. Artık sinirden midir, yoksa bir film sahnesi canlandırmaya çalışıp göt oluşumdan mıdır bilemeyeceğim ama gülmeye başladım. Sokağın ortasında tek başıma deli gibi gülüyordum. Gülerken tekrar tekrar çevreme bakıyordum. Adam kesin olarak gitmişti. Kafamı sola çevirdiğimde balık ekmekçi amca bana bakıyordu. Adam bence ilk defa birine bu kadar üzülmüştür. Bense hâlâ istemsizce gülüyordum. Çantamı alıp eve doğru yürümeye başladım ve tabii ki meşhur polis gözlükleriyle Teoman hemen yanımda belirdi, bu anı asla kaçırmak istemez tabii ki...

"Gerçekten bu kadar hızlısını ben bile görmemiştim. Ama senin adına sevindim, çocuk gereksiz derecede yüksekti. Bu tiplerin düşük olduğu anlar fena olur. Ama Sertab, akşam akşam iyi güldüm. İlk buluşmada adama gelinliğim hazır dedin. Hele o göz kapatma numarası... Bu kadar film izleme, hadi ben kaçtım."

Haklıydı, o numarayı yapmayaydım iyiydi. Eve yaklaştığımda Efe'den mesaj geldi. "Çabuk Blue Bar'a gel." Saat daha 9 bile değildi, barda ne işi vardı bu adamın? Saliselik bir ikilemde kalarak hemen bir taksi çağırdım. Kendimi Blue Bar'ın önünde buldum. Kapıda güvenlikler beni görünce, "Sertab, değil mi?" dedi. Şaşırarak, "Evet" dedim. Kapıyı açıp, "İyi eğlenceler" dediler. İçeri girdiğimde mekânda kimsecikler yoktu. "Efe..." diye seslendim. Bir anda sahnede tek bir ışık yandı. Efe, bir bar taburesi üstünde oturmuş elinde bir klasik gitar ve kocaman gülümsemesi ile bana bakıyordu. Bir anda söylemeye başladı:

"Önceden çok üzülmüş, normal olmaya karar vermiş,
Gelinliği bile hazırmış, herkes gibi normalmiş,
Dergi karıştırmaya bayılır, her gün bir film izlermiş,
Çok şey beklememeliymişim, çünkü o hep normalmiş.

Hiç görmemiş kendini bende,
Güldüğünde gözbebeklerinin de güldüğünü,
Heyecanlandığında kaşına dokunduğunu,

Normalliğinden bile bahsederken aslında nasıl tek olduğunu
Hiç bilmemiş, normal demiş geçmiş.
Sen öyle de öyle olsun,
Tamam normal olalım ama olaysız dağılmayalım."

Adam bir saat içinde bana şarkı yazmış! Bakın tekrar ediyorum, adam bir saat içinde bana şarkı yazmış. O kadar mutluydum ki! O mutlulukla aklıma tek bir kişi geldi.

Kafamı kaldırdım, tavana baktım, var gücümle bağırdım.

"Bu da sana girsin Teoman!"

BÖLÜM 22

Bu da Sana Girsin Sertab

O gece şarkı jestinden sonra öpüşme totemini bir yana bırakın, işin birkaç tık üstüne çıktım. Konuyu hepinizin bildiğini varsayıp detaya girmiyorum. Hayatta hiçbir şey umurumda bile değildi. Ellerimle büyüttüğüm yıllık iznimin bile üç gününü aşk sarhoşluğuna feda etmiştim bile. Üç gün boyunca İstanbul'un her köşesini gezmiş, her barında dans etmiş ve öpüşmüştük. Tabii hayatın gerçekleri yandan yandan vururken görmezden gelmek pek mümkün değildi. Üçüncü günün sonunda artık normal hayata dönmem lazımdı, akşam Efe'nin yanından ayrılıp erkenden evime gidip uyudum. Sabah yine erkenden kalkıp önce Mertol'un kahve dükkânına gittim. Zaten her dakika mesajlaştığımız için hayatımdan haberdardı. Dükkâna girer girmez konuya girdim.

"Hayatım bu kadar muhteşemken şu an işe gitmek sence de çok adaletsiz değil mi? Tek derdim huzurken ve onu bulmuşken gerisi gereksiz değil mi?"

Mertol her zamanki havalı tavrı ile filtre kahvemi bana uzatıp bilgiç bilgiç konuşmaya başladı. Sonunda yine haklı çıkacak olması fikrinden gerçekten nefret ediyorum, o her ağzını açtığında daha dediklerini dinlemeden, "İnşallah bu sefer haksız çıkar" diyorum.

"Huzur dediğin genel bir kavram. Soner'le ilişkinden bunu çıkardığını düşünüyordum. Gene aynı hataya düşüyorsun. Huzur kendinle alakalı. Bir erkekle, bir işle, bolca parayla alakalı değil. Sen kendinle huzurluysan tamamdır. Değilsen, değildir. Sen huzursuz bir tipsin. Çabuk sıkılıyor, sıkıldıkça hayatına başka şeyleri katmaya, onlara kocaman anlamlar yüklemeye çalışıyorsun. Kusura bakma ama çalıştıkça batıyorsun. Bırak artık, arama. Olduğun gibi kabul et kendini, olduğun durumu. Tatlı bir ilişkin, sevdiğin bir işin, yetecek kadar paran var. Bunların arasında yarış başlatma. Hepsini al kucağına ve onlarla yaşamayı öğren."

Konuşmasını bitirince, "Soner bence sen kişisel gelişim kitabı yazmalısın. Çok satıyormuş, öyle diyorlar, özellikle benim gibi kadınlar bayılıyormuş. Beni bilirsin, huzursuz bir tipim. Hadi ben kaçtım" diyerek kapıya yöneldim.

Arkamdan bağırdı:

"Bana Soner dedin. Huzuru bulduğuna emin misin?"

Arabaya bindiğimde Soner'e yine güzel bir beddua edip kontağı çevirdim. Soner'e beddua etmek hayatımın rutinlerinden biriydi benim için. Her zamanki gibi Mertol'un dediklerini düşündüm, evet çok haklıydı ama söyledikleri çok sıkıcıydı. Hayatımın her anında başka bir şey olmak, başka bir şey düşünmek bence çok normal. Herkesin benim gibi olduğunu düşünüyorum. Yoksa bu kadar yoga hocası olmazdı. Herkes bir arayış içinde kendi kendine, olduğun gibi olmak, o şekilde mutlu olmak mümkün değil. Anlarla, durumlarla mutlu oluyorsun. Herkes kendinden ne olacağını arıyor tüm hayatı boyunca. Belki bu arayışın ta kendisidir hayat dediğimiz hadise. Bizden de beklenen tüm bu arayış içinde etik davranmamızdır. Yalan söyleme, hak yeme, tüm canlılara iyi davran; bunun dışında ara ne kadar istersen, neyi istersen ara. Bulduğunu sandığın anda ise ona tutun, olmadı mı, başka şeyi ara, buldun mu, tamam şimdi de ona tutun ama iyiliğini kaybetme.

Arabayı tüm bu düşüncelerle sürerken, iş yerime gelmiştim bile. İçeri girdiğimde herkes bana bakarken muzip gülümsemesini yüzüne takınmıştı. Hayatımın hiçbir anında ketum bir tip olamamıştım. Her zaman hayatımda ne varsa ortadaydı. Masama eşyalarımı bırakıp, bilgisayarımı bile açmadan soluğu Burak'ın ofisinde aldım. O güne başlamıştı bile, yanına oturup ona anlatmaya başladım. Bir yandan bilgisayarında işlerini yaparken diğer yandan beni dinliyordu. Her şeyi anlattıktan sonra bana dönüp festivallere göndereceğimiz dinleyicilerle ilgili nasıl bir planlama yaptığımı sordu. Suratına aval aval bakıyordum, sanki o kadar şeyi ben anlatmamışım gibi. Yüzümdeki şaşkınlığı görmüş olacak ki kısa bir açıklamada bulundu.

"Seni anlıyorum, uzun bir süre sonra hayatında bomba gibi bir gelişme oldu ama burası yirmi dört saat yayın yapan büyük bir şirket Sertab, istersen iş çıkışı aşk hayatın hakkında konuşuruz ama şu an iş zamanı. Artık göze batmaya başladın. Kimse senden eskisi gibi sabahlara kadar çalışmanı beklemiyor ama işine artık hâkim olman lazım. Burası, haybeye gidip geleceğin bir şirket değil. İş yürümezse yürüteni saniyesinde bulurlar. Tıpkı seni yirmi dakikalık bir iş görüşmesinde buldukları gibi."

Farkında mısınız, sabahtan beri bir o duvara, bir bu duvara çarpıyorum. Hayatımdaki şahane gelişmeyi tüm şahaneliğiyle anlatmaya çalışırken fazla abarttığım konusunda herkes hemfikir. Yaşasın arkadaşlık, dostluk, kardeşlik. Allah'tan Harika'yı aramadım. Onun diyecekleriyle sanırım bir yerlerden atardım kendimi.

Konuşması bitince hiç yorum yapmadan odasından çıktım. Kendi odama geçip bilgisayarımı açtım. Haklıydı, dibine kadar haklıydı. Sadece haklı olması tıpkı Mertol gibi içimdekileri değiştirmiyordu. Hiçbir durumda fikirlerim sabit kalmıyor. Sizin kalıyor mu? Bir konu hakkında ne düşünürseniz hayatınız boyunca o doğrularla mı yaşıyorsunuz? Öyleyse bu çok değil mi? Ben mi çok savruluyorum? Bilemiyorum ama hayatımda ne kadar süreceği umurumda olmasa da bir mutluluğu buldum mu sonuna kadar yaşamak istiyorum. Arasına herhangi bir şey girmesini istemiyorum. O konu hayatımın gündemi oluyor bir anda. Sakince tadını çıkarmak çok sıkıcı geliyor. Mesela biz küçükken yılbaşında annemler Harika ile bana ayı şeklinde kocaman çikolata alırdı. Harika onu bütün gün boyunca yavaş yavaş yerdi. Ta ki saat on iki olana dek. Bense, hemen bitirirdim. Bir yılbaşı günü Harika ile aynı şekilde yemeyi denedim. O kadar zordu ki benim için, aklımda sadece ayı çikolatası vardı. Geceyi zor etmiş, yılbaşından bir şey anlamamıştım. Tüm hayatımın kısa özeti bu sanırım.

Harika deyince aklıma geldi, kızlarla kaç gündür buluşmuyorduk. Hemen bir yemek organize ettim. İş çıkışı için sözleştik. Ardından Efe ile konuştum, birbirimizi şimdiden ne kadar özlediğimizden bahsettik. Gece yemek sonrası ona gideceğimi söyledim. Günümü planlamanın haklı gururuyla işe dönebilirdim. Hemen Burak'ın bahsettiği konu ile ilgilendim. Sonra biriken işlerimle... Ardından Cemal Bey odasına çağırdı. Yapacağı çok önemli bir organizasyon için yurt dışından ayarlanması planlanan dans grubuna ulaşmamı istedi. Elinde sadece bir link vardı ve iki gün sonra İstanbul'da olmaları gerekiyordu. Linki açtığımda videonun isminin "Amazing Dancers" olduğunu gördüm. Elimde başka done yoktu. Tüm gün ufak bir ipucu bulmaya çalıştım. İki saatte bir Cemal Bey beni arıyor, bulup bulmadığımı soruyordu. Saat artık akşam yedi olmuştu. Kızlar hadi artık mesajları atmaya başlamışlardı bile. İşten çıkma olasılığım yoktu. Yemek artık bir hayaldi benim için. Bu sefer çiğ köfte yiyemememin nedeni uzakta olmamdı. En azından bu içimi rahatlattı. Tüm gece ipucu aradım, sonunda saatler gece yarısını gösterdiğinde ulaşmıştım. Hemen mail attım, inanılmaz bir şekilde hemen döndüler. O tarihte dolularmış! O an bilgisayarı, kendimi, her şeyi parçalamak istedim. İçimden ona kadar saydım ve sakince Cemal Bey'i aradım, olayı anlattım. Şaşırmış bir şekilde cevap verdi, "Aaa hâlâ aradığını bilmiyordum, ben zaten başkalarını ayarladım. Neyse sen aramışken şu yeni Strong App ile ilgili bazı kaygılarım var, yarın dokuzda yanıma gel" dedi ve telefonu kapattı. Adam resmen telefonu kapattı, ben bütün gece "Amazing Dancers" grubunu ararken adam çoktan vazgeçmiş, bana söyleme zahmetine bile girmemiş, üstüne "Sen çok çalıştın, yarın geç gel" bile dememiş, yeni iş buyurmuş ve telefonu kapatmıştı. Resmen olay bu şekilde ilerlemişti. Sinirden gülmeye başladım. Odamdan çıktım, baktım Burak hâlâ çalışıyor, hemen yanına gittım.

"Sabah konuşmuştuk ya, odama gittiğimde sana hak vermiştim, ama şimdi düşündüm de hepsi deli saçması. Böyle bir işte çalışırken, yok yok herhangi bir işte başkası için çalışırken hayatında işten daha önemli bir şey olma lüksü yok. Hayatında ne olursa olsun önceliğin hep iş olacak! Şimdi ben sana soruyorum, hayatında istediğin şey gerçekten bu mu? Gecenin şu saatinde hâlâ ofis sandalyesinde oturup çalışmak mı? Seni bilmem Burak ama benim istediğim şey bu değil, biliyorum, isteklerim hep değişiyor ve bu değişiklikler genelde aşk hayatımla paralel ilerliyor ama ne olursa olsun bir gün iş çıkışı kocama, çocuğuma ya da tek başıma koltuğuma gidecek olayım, ben bunu istemiyorum. Benden bu olsun istemiyorum! İyi geceler!"

Sinirle arabama bindim, biner binmez yanıma Emel Abla ve Cem Abi geldi. Yolda giderken konuşmaya başladık. "Haksız mıyım?" dedim. Önce Emel Abla konuştu:

"Canım Sertab, bugün ofiste bu saatte çalışan sen ve Burak'tan başka biri var mıydı? Yoktu. Sen acını hafifletmek için işine sarıldın. Onlara nedeni ne olursa olsun, seni bu saate kadar çalıştırma hakkını sen verdin. Şimdi bu durumdan şikâyet ediyorsun. Sen hayata ne gösterirsen hayat sana onu verir. Senin tek sorunun, hayata her hafta başka bir şey gösteriyor olmak. Hayat ne yapsın?"

Kendi kendime Emel Abla'yı bir daha kırmayacağım diye söz verdiğim için konuyu değiştirmek istedim. "Siz de iyi eküri oldunuz. Beraber bir şeyler mi yapsanız?" dedim. Cem Abi, hemen konuştu:

"Bilemiyorum Altan, bilemiyorum..."

"Yaa Cem Abi, bu konuyu konuşmuştuk, o senin repliğin değil, neden başka bir şey söylemiyorsun?"

"Emel'e katılıyorum. Kısaca sana her şey müstahak. Biraz sabit ol. Düşüncelerine, davranışlarına sahip çık. Seni takip etmekten ben yoruldum. Hayatında denge kur diyeceğim ama senden çıkmaz. Hadi Emel, gidelim. Sana gelmeyelim demiştim, yine kıyamadın."

Puf... Kayboldular. Ama haklılar, işe ilk girdiğim zaman sabahlara kadar çalışıp ya ya ya şa şa şa canım işim çok yaşa diyen bendim. Şimdi, daha fazla zaman istiyorum diye onları suçlayamam. Artık düşünmek gereksiz, Efe'ye gitmenin tam zamanı. Tam Efe'nin evine gelip arabayı park edecekken telefonuma mesaj geldi.

"Seni bekle bekle sıkıldım, Blue Bar'dayım, hadi gel!"

Arabayı evinin önüne park edip ihtiyacım olan şeyin yanına doğru taksiyle yola çıktım. Blue Bar'a girer girmez Efe'nin kucağında buldum kendimi. Yüzümün her yerini öpüyor, oradan oraya beni döndürüyordu. Gerçekten bütün gün yaşadıklarım uçup gitmişti. Hemen bara yöneldik, birer bira aldık. O arada konuya girdim, "Kusura bakma, o kadar çok kriz yaşadım ki bütün gün, Cemal Bey bir işe kitledi beni..." Lafımı daha bitirmeden bir shot içirdi zorla, "Konuştukça büyür, konuşma, hadi gel dans edelim!" dedi.

Çok haklıydı, "Konuşmak anlamsız, dans edelim..." Bütün gece içip dans ettik, Blue Bar'dan çıktığımızda yürüyerek eve gitmeye karar verdik. Yürürken fark ettim ki gün ağarmıştı, insanlar gündüz kıyafetlerini giymiş, işe gidiyorlardı. Gayrı ihtiyari Efe'ye dönüp saati sordum, "Altı" dedi. Altı mı? Sabah saat altı, ben zil zurna sarhoşum. Efe'yi öptüm, "Sabah toplantım var Efe, gitmem lazım" dedim ve lafını dinlemeden taksiye binip evime gittim. Duş aldım, arka arkaya kahve içtim, gözlerime göz damlası damlattım. Lanet olsun, hâlâ çok sarhoştum. Yapacak bir şey yoktu. Doğru işe... Evin önüne indiğimde arabamı Efe'de bıraktığımı hatırladım. Zaten hâlâ sarhoştum, en iyisi taksiye binmekti. Hemen bir taksi çevirip bindim, adresi söyledim, camı açtım, belki yüzüme hava gelirse biraz ayılırım diye. Camdan dışarı bakarken arkamdan bir ses geldi:

"Bu da sana girsin Sertab."

Kafamı çevirir çevirmez tabii ki Teoman yanımdaydı.

"Bu bir yarış değil Teo, ayrıca ne giriyormuş bana, gayet iyiyim, bak işe gidiyorum."

"Sabaha kadar içtin ve işe sarhoş gidiyorsun. Hadi sonun

başlangıcı hayırlı olsun, kusura bakma, fazla kalamayacağım. Ben de akşamdan kalmayım."

Ve gitti... Kime ne girdi bilinmez ama galiba kusacağım. Sertab tut kendini, derin nefes al, şimdi bir de taksiyi yıkatma parası verme. Kendimi tutup nihayet iş yerine varmıştım. Gerçekten akşamdan kalma olmayı mumla aradığım bir andaydım. Toplantımı yapıp kaçacak yerim de yoktu. En iyi ihtimalle akşam altıya kadar o koltukta durulacaktı. Sonra Sertab neden kurumsaldan sıkıldı... Ayrıca bir insan hem Rock'n Roll olup hem de kurumsal olamazmış, bugün net şekilde anlamış oldum. Ofise girer girmez hemen tuvalete girip tekrar yüzümü yıkadım, yüzüme hafif bir makyaj kondurup toplantı için yukarı çıktım. Cemal Bey'in toplantı odasına geldiğimde tüm şirket yöneticilerinin odada olma gerçeği yüzüme tokat gibi çarpmıştı. Masanın en uzak noktasına oturup kimsenin beni fark etmemesi için dua etmeye başlamıştım. Cemal Bey odaya hızlı bir giriş yaptı, hemen notlarını açtı ve konuşmaya başladı. Strong FM'in aplikasyonunu değiştiriyorduk, bizce iş bitmişti ama bir patrona göre iş asla bitmez, düzeltecek milyon tane konu olurdu. Bence onların patron olma nedeni de bu. Toplantı hemen tüm harareti ile başlamış, herkes bir konu hakkında yorum yapıyordu. Adım kadar emindim ki işin başında da ben olduğum için konu dönüp dolaşıp bana gelecekti. Yanımda oturan birinin parfümü o kadar kötü kokuyordu ki başka bir şeye odaklanamıyor, kusmamak için içimden koyun sayıyordum. Uyutmaya yarıyorsa, kusmamaya da bence kesin yarar. Cemal Bey herkesin çekincelerini öğrendikten sonra bana döndü, "Ee Sertab, tüm bu düşünceler sonunda sen nasıl bir hareket planı düşünüyorsun?" dedi. Bense 42. koyundaydım. O anda söylemek istediğim tek şey, "Aplikasyonuna sokayım, sana bir şey olmasın"dı. Tabii ki böyle bir şey demedim, tek diyebildiğim, "Cemal Bey, ben çok kötüyüm" oldu, ayağa kalktım, arkamı döndüm, odadan çıkamadan kapının önünde kusmaya başladım. Tüm yönetim kuruluna arkamı dönerek gece içtiğim tüm shot'ları, biraları kustum gitti. Kusmam bitince arkama bile bakmadan odadan çıktım, Cemal Bey'in asistanına, "Çok acil buraya bir temizlik görevlisinin gelmesi lazım" diyerek olay mahallini terk ettim. Masama dönüp, eşyalarımı alıp hemen ofisi terk ettim. Evime gelir gelmez telefonumu kapatıp uyudum. En iyisi uyumak; uyuyunca her şey, her zaman düzelir.

BÖLÜM 23

Her Suçlu Suç Mahalline Geri Döner

O kadar uyumuşum ve o kadar aranmışım ki bunu sabaha karşı Harika'nın başımda bağırışı ile fark ettim. Herkes bana ulaşmaya çalışmış, Harika en sonunda delirip eve çilingirle girmiş. Kötü bir manzarayla karşılaşmaktan o kadar korkmuş ki, yanına hiç tanımadığım doktor bir arkadaşını da almış. Ben uykulu gözlerle kendime gelip, "Ne oluyor, bi sakin" diye Harika'ya hiçbir şey olmamış gibi bakarken, arkadaşına gergin bir şekilde, "Tamam Derya, kusura bakma, seni de rahatsız ettim. Gidebilirsin" dedi ve bana öfkeyle bakıp, "İçeride seni bekliyorum, toparlan gel" dedi. Kısa bir toparlanmadan sonra önce telefonuma baktım; Burak 18, Mertol 32, Harika 178, Efe 2, Gamze 68, annem 348 defa aramıştı. Ana gibi yar olmuyordu gerçekten.

Sabaha karşı uyandığım için kimseyi aramadan sadece mesaj atmakla yetindim.

"Çok iyiyim, sıkıntı yok, görüşürüz."

Mesajım gider gitmez annem aradı, bağırdı bağırdı, kapattı. Canım annem çok endişelenmiş, o kadar endişelenmiş ki, kim bilir yine ne boş işler peşindeymişim de bütün gün uyumuşum... Benim yüzümden yıllardır beklediği Paris tatili haram olmuş. Allah'tan Harika varmış da duruma el koymuş. Ulan 178 defa arayacağına hemen gelsene, nedir bu drama.

Sonrasında hemen Harika'nın yanına gittim. Delirmiş şekilde bana bakıyordu. "Annem yetirince ayar verdi, hiç halim yok

Harika, gerçekten" dedim. "Efe ile dün akşam biraz dağıtmışız, olan bu. Hiç mi başına gelmedi?" dedim. Konuşmaya başladı, gözlerini kısmış, yine kendince büyük bir hayat dersinin tam da başındaydı.

"Ne sanıyorsun sen beni? Hayatı sadece iş olan, mutluluğunu işine bağlayan, o olmazsa olmayacak biri falan mı? Tabii ki oldu. Bir kere de değil, onlarca defa oldu. Olmayan şey ne biliyor musun? Ben hiçbir zaman toplantının ortasında bir yere kusmadım. İşe sarhoş gitmedim. Bak sana çok acayip bir şey söyleyeceğim, bayağı şaşıracaksın buna, hayatta hem sorumluluklarını yerine getirip hem de hayattan müthiş zevk alabiliyorsun! Bak, dene. Ama yok, sen denemezsin, sen rüzgâr seni nereye götürürse oraya gidersin. Senin kendine ait bir fikrin yok be! Kim seni nereye götürürse oraya gitmekten başka bir gayen de yok. Hayat umurunda değil. 11 yaşındaki Sertab neyse, bu yaşında da aynısın. Sertab büyü artık! Büyümeyi de aman diyeyim işle, sevgiliyle, parayla örtüştürme. Kafanı büyült. Gerçekten sen ve senin saçma sapan hayatından çok sıkıldım."

Tüm konuşmasında tek düşündüğüm bunları nereden biliyor olduğuydu. Sonradan hatırladım ki, işe başlarken acil durumlarda aranması için Harika'nın telefonunu vermiştim. Kendimi bu harika seçim için tebrik diyorum. Neyse, kadın yine tüm nefretini bana kusmuştu, sabaha karşı hiç çekebileceğim bir konuşma değildi ve tek istediğim kesip atmaktı.

"Madem bu kadar sıkıldın, siktir git hayatımdan, neyin tatavasını yapıyorsun!"

Ağzımdan çıkan ilk cümle bu oldu, ağzımdan çıkar çıkmaz içim acıdı, hayatımdan çıkmasını aslında hiç istemiyordum, geri de alamadım. Ondan, "Saçmalama biz kardeşiz, bizim aramızda öyle bir küslük olmaz, bak yine çocukluk ediyorsun" demesini bekledim, deseydi hemen özür dileyecektim. Ama demedi, "Ne halin varsa gör" dedi, eşyalarını aldı, kapıyı tam açtığında karşısında Efe duruyordu. Elinde bir şişe şarapla kapıdaydı. Gerçekten üstüne mum dikmek için şahane hareket. Harika, bir Efe'ye, bir bana baktı ve "Gerçekten ne halin varsa gör" dedi ve gitti...

Efe anlamsızca bana bakıyordu. Harika gidince içeri girdi. Moralim gerçekten çok bozuktu. "O kimdi?" diye sordu, "Ablam" dedim. "Merak etme, düzelir" dedi. Olayı anlatmaya başladım, daha ilk cümlemde lafımı kesip, "Sana daha önce de dediğim gibi, anlatma, anlattıkça büyür" dedi ve yine lafı ağzıma tıkadı. Mutfağa doğru yönelip şarabı açmaya yeltendi, "Bugün olmaz Efe" dedim, "Sabah işe gideceğim." "Ben kendim içerim o halde" dedi, "Peki" dedim. Şarabı koyunca konuşmaya başladık. Hemen konuya girdi. "Daha ne kadar bu işe devam edeceksin? Bence sana hiç uygun değil, senin yaratıcı ruhunu sınırlamaman lazım. Daha açık bir iş yapman gerekiyor bence, bunu bir düşün. Hem ben sevgilimle canım ne zaman isterse hayatın tadını çıkarmak istiyorum. Bu şartlar altında çok zorlanıyorum Sertab Hanım, bir güzellik yapın lütfen" diyerek hemen sırnaşmaya başladı. "Hop hop hop dur bakalım" diyerek çekildim, hemen duşa girdim, bugün herkesten önce işe gitmem gerekiyordu. Hazırlanıp evden çıktım. Efe, "Sen gelene kadar uyurum" diyerek yatak odasına geçti. O gün herkesten önce iş yerindeydim, resmen bir suçlu gibi hissediyordum kendimi, yediğim haltı düzeltmem lazımdı, hızlıca yarım kalan işleri toparlayıp Cemal Bey de dahil, herkesi mail bombardımanına tuttum. Saat 9 olduğunda yarım kalan tüm işlerimi bitirmiştim bile. "Bence her şey stabil artık" diye düşünürken Cemal Bey'in asistanı beni aradı, "Sertab, Cemal Bey seni ofisinde bekliyor" dedi ve kapattı. Hafif bir yusuflama olmadı değil o anda. Artık yapabileceğim bir şey yoktu. Gidip cezamız neyse çekecektik, zaten her suçlu olay mahalline mutlaka dönermiş. Cemal Bey'in odasına geçtim. Konuşmaya başladı.

"İki yıldır, gerçekten her gün daha iyiye gittin Sertab. Bunu hep gözünde gördüm, daha çok çalıştın, daha çok ürettin. Bu şirkete çok şey kattın. Son bir aydır işine olan sevgin ve en önemlisi saygın gitti. Sen ne kadar uğraşırsan uğraş, biliyorum para kazanman lazım, o saygı bir kere gitti mi bir daha gelmez. Bu sebepten dolayı daha kötü bir duruma düşmemen için iş akdine son veriyorum. Tüm haklarını alacaksın. Hatta fazlasını veriyorum sana, biraz kafa iznine çık, düşün, ne yapacağına karar ver. Bizim kapımız sana her zaman açık olacak, eğer kendine geldiğinde istediğin yine bu iş ise bekleriz."

Bu sözleri söyledikten sonra ayağa kalktı. Öylece kalakalmıştım. Gözlerim doldu. Resmen kovulmuştum. Tıpkı Harika'yla olduğu gibi, "Yapmayın, ben şu an anladım, işimi çok seviyorum" demek istedim ama yapamadım. Cemal Bey'in elini sıktım ve odasından çıktım.

Asansörde kendime acıyarak bakarken bilin bakalım beni asansörde kim bekliyordu? Evet, Teoman! Yanımda hiç konuşmadan durdu. Aynada kendine bakıyor, saçını başını düzeltiyordu, sanki hiçbir şey olmamış gibi. Zaten sinirim bozuktu, "Neden konuşmuyorsun, istediğin oldu sanıyorsun di mi!" dedim. Anlamsızca bana bakıyordu. "Kusura bakma ama bunun Efe'yle alakası yok, tamamen benim mallığım" dedim. Hâlâ yüzüme anlamsızca bakıyordu, asansör kata geldiğinde kapısında Emir vardı, bana bakmadan Teoman'a dönüp, "Abi hoş geldin, ekip röportaj için seni bekliyor" dedi. Herif resmen gerçek Teoman'mış! Artık gerçek mallığın sınırlarını zorluyordum. Ama buna bile hayıflanacak halim yoktu, derdim daha büyüktü.

Odama gittim, eşyalarımı toparladım, bilgisayarımı boşalttım. Bu defa herkesle tek tek vedalaşmam lazımdı. Herkesle bir bağım vardı. Çok güzel günlerim, anılarım vardı. Hayatımın resmen bir dönemi bitiyordu. Herkesle vedalaştıktan sonra Burak benimle arabaya kadar geldi, sarıldık. Son olarak, gözlerimin içine içine bakarak, "Boş ver senden ne olacağını, kendini bul" dedi ve kapıyı kapattı. Dikiz aynasından kendime baktım, çok üzgündüm çok.

Evime doğru giderken, yanıma nihayet Emel Abla geldi. Maviş gözleriyle o kadar güzel baktı ki bana... Bakışı bile çok iyi geldi. Hemen söylemeye başladı:

"Kendim ettim kendim buldum
Kendim ettim kendim buldum
Gül gibi sarardım soldum
Eyvah eyvah eyvah ey"

Şarkı bitince hiçbir şey demeden kayboldu gitti. Ben de hesabıma bakmak için bir banka ATM'sinde durdum. Tüm haklarımın, hatta fazlasının yattığı söylenmişti bana.

ATM'ye kartımı yerleştirdim, şifremi girdim ve hayat değişti; hayatıma tekrar yaz geldi. Üzgün şarkılar gitti, neşeli şarkılar geldi. Tüm üzüntüm yok oldu ve parayla gelebilecek en muhteşem saadet geldi!

Yaşasın işsizlik!

BÖLÜM 24

Benden Groupie Olur!

Yaptığım hesaplamalara göre bankadaki parayla dokuz ay yaşayabilirdim. Yine yaptığım derin araştırmalara göre, yedinci ayda iş aramaya başlasam tamamdır. Şimdi kimseye ihtiyacım olmadan, yedi ay boyunca büyük dağıtacağım. Hemen bir markete gittim, en pahalısından bir şişe şampanya alıp koşar adım eve gittim. Efe hâlâ uyuyordu gittiğimde. O zaman güzel bir şekilde uyandırılmayı hak ediyordu. Şampanyayı yatağa çıkıp patlattım, her yer şampanya oldu. Efe gülerek beni izliyordu; bense, "Özgürüm, kuş gibi özgürüm, ne istersen hadi yapalım, nereye istersen hadi gidelim" diye zıplıyordum. Belimden tutup beni de yanına çekti, şampanyayı kafasına dikti ve "O zaman hazırlan, güzel bir tura çıkıyoruz. Önce Eskişehir, sonrasını düşünme bana bırak!" dedi. Turneleri başlıyormuş, on gün boyunca bir sürü şehre gidecektik beraber. Hemen çantamı hazırladım. Grup üyeleriyle birlikte gitmek yerine benim arabamla başbaşa seyahat edecektik. Havalara uçuyordum! Tam da bu esnada annem aradı, zaten ben de ona olan biteni anlatacaktım, telefonu açmamla yine içindeki tüm anne sevgisini dışarı attı:

"Ben seni anlamıyorum, O senin ablan! Her zaman seni en çok düşünen oydu. Hatta şu an hayatta olma nedenin de o! Sana hamile kaldığımda hazır değildim ve kürtaj için doktordan randevu almıştım. Ablan o kadar ağladı ki, seni o kadar çok istedi ki, ona kıyamadım. Kendine gel artık!"

Telefonu suratıma kapattı. Bugün gerçekten çok ilginç geçiyordu, Harika ile olan bağlarımı koparmış, işten kovulmuş, üstüne bir de istenmeyen çocuk olduğumu öğrenmiştim. Ayşecik'in bile hayatı bugün için benden daha iyidir. Ama artık kendimi üzemeyeceğim, elimde olanlarla yaşamaya devam... Efe'nin yanına döndüm, "Hazırım" dedim, "Hadi şimdi sana gidelim, bavulunu hazırlayalım." "Gerek yok" diye karşılık verdi, asistanı her şeyini alacakmış. Akşamüstüne doğru yola çıktık, bolca konuştuk, daha doğrusu o konuştu. Ailesinden, grup arkadaşlarından bahsetti. Liseden beri beraberlermiş. Şu anda hayallerini yaşıyorlarmış. Ancak Efe, "Bu son albüm, artık tek devam etmek istiyorum" dedi. Hiç garipsemedim çünkü her grubun öyle ya da böyle sonu tam da bu şekilde oluyor. Tüm yol boyunca o konuştu, ben dinledim. İlişkilerimde genelde tam tersi olurdu, hep ben anlatırdım. Bu sefer böyle oldu. Bu da değişikmiş. Eskişehir'e geldiğimizde saat gece yarısını gösteriyordu. Eşyalarımızı bırakıp hemen dışarı çıktık. Sabaha kadar dans ettik. Efe'nin hayatıma kattığı en güzel şey galiba bu. Her şeyi unutturuyor bana. Kısa süreli de olsa, o anda unutmak, düşünmemek şahane! Sabaha karşı odaya döndüğümüzde içim yine çok sıkıldı. Harika'yla aramın bozuk olması alışık olduğum bir şey değildi. Genelde birbirimize söylenirdik ama hiç böylesine bir diyalog yaşamamıştık. Efe'ye dönüp biraz fikir almak istedim, başladım anlatmaya. En sonunda, "Sence ne yapmayalım?" diye döndüğümde horlama sesini duydum. Adam istemeden de olsa yine beni dinlememişti. Uykum kaçmıştı, otelin roof barına çıkıp bir kahve içmeye karar verdim. Siparişimi verdikten sonra terasa çıktım, Eskişehir'in ayazı yüzüme vururken ve içimde kocaman bir huzursuzluk varken yine tam zamanında, bu sefer Nil Karaibrahimgil geldi. Bir şey demesine izin vermeden konuya girdim:

"Kusura bakma, kitapta sana giydirdim. Sen yine büyüklük gösterdin, kötü anımda yanıma geldin. Büyük kadınmışsın vesselam, yoga falan işe yarıyor değil mi? Hırslar, kinler gidiyor..."

"Bana ihtiyacın varmış demek ki, olmasa gelmezdim. Bazen, çok sevdiklerimize kötü davranırız, aslında niyetimiz onlara kötü davranmak değildir ama kredimize güvenip tüm hırsımızı, üzüntümüzü onlardan çıkartırız."

"Bunu ikimizin ilişkisi için mi söylüyorsun?"

"Ona sen karar ver."

"Normal hayatta da derinsin, tamamdır. Peki sence iyi hissedecek miyim? Harika'yla barışacak mıyım? Bu işler nasıl olacak? Lütfen, 'Bilemiyorum Altan, bilemiyorum' deme."

"Ne alaka? Neden öyle diyeyim ki?"

"Ben de Cem Abi'ye durmadan aynı şeyi soruyorum. Neyse, hadi hazırım..."

"Yürüdün mü yol aldın mı
Hüzünlerden de geçtin mi
Yoruldun mu daraldın mı
Güzellerden de seçtin mi

Kırdığın tüm kalpler hâlâ yaran mı?
Her şey biraz kader kısmet yalan mı?
Oooof yol alan mıydın duran mı?
Zor oldun mu çok oldun mu?

Hiçbir kalpten söküldün mü?
Ahlarla vedalarla
Dudaklardan döküldün mü?
Zor oldun mu çok oldun mu?
Hiçbir kalpten söküldün mü?"

"Çok anlamadım ama güzel söyledin."

"Zamanla anlarsın Sertab, kendine çok iyi bak... Ama laf olsun diye değil, sahiden dön bir kendine bak..."

Dedikleri kadar değişik bir kadınmış. O uğur böceği kostümüyle gönlümde taht kurmadı değil... Neyse, artık uyumam lazımdı...

Gün ağardıktan sonra uyuduğum için biraz geç uyandım. Uyandığımda yanımda Efe yoktu. Not bırakmış, provaya gidiyormuş, akşam direkt oraya gelmemi istemiş. Richard Gere gibi elbisemi de bıraksaydın bari, bu ne lan, insan bir uyandırır. Neyse, şimdi bunlara kafa yoramayacaktım, işsiz ilk günümün tadını çıkarmak istiyordum ve kahvaltımı odama istedim. Sonra biraz şehri gezdim. Her şeyi yaptıktan sonra akşam yemeği için Efe'yi aradım. Açmadı. Yoğun çalıştığını düşünerek çok da üstüne düşmeden su boyunda kendime güzel bir yer bulup yemeğimi söyledim. Yemeğimi yerken yine kendimi Carrie'ye benzettim. Bu sefer de Efe, Aidan yerine Aleksandr Petrovsky oluyordu. Bense Paris'te makaron yerine Eskişehir'de çiğ börek yiyordum. Ayrıca ayağımda Dior ayakkabı yoktu!

Konser saati yaklaşınca Efe Bey'in aklına düştüm galiba, arama zahmetine girdi.

"Kapıya adını yazdırdım, hadi gel!"

Gelmeyeceğim de ne yapacağım mal oğlu mal, geleceğim tabii ki! Konserin yapılacağı yere geldiğimde kendime arkalardan bir yer bulup oturdum. Konser başladı, Efe çıktı. Sahnede o kadar yakışıklı ki, o anda üstüne atlayıp tişörtünü parçalama hissi uyandırıyor bende. Şarkılarını söylemeye başladı. Enerjisi yine tavandaydı, gerçekten bu çocuk gelecekte isminden bolca bahsettirecek. İnsanları incelemeye başladım, fark ettim ki yüzde doksanı kadındı. Biraz daha dikkatli bakınca özellikle ön tarafta kadın kümeleri dikkatten kaçmıyordu. Bizim foolish Kazanova da full ön sıraya oynuyor, devamlı gözü orada. Bir kere aldatılma teşebbüsü ile karşılaştım ve olgun davrandım, artık sıramı savdım; şimdi sikerim. Hemen ön sıralara doğru yürüdüm, kendimi göstermenin zamanıydı. Kendimi bir anda belgesel kanalındaki dişi aslan gibi hissettim. Durum beni rahatsız etmişti, biraz daha ilerledikten sonra durdum. Tam da o anda Efe ile göz göze geldik. Hemen arkamı döndüm, hızlı adımlarla geriye doğru gitmeye başladım. Kapıya tam gelmiştim ki Efe konuşmaya başladı.

"Bu gece söylediğim her şarkı sizin ama sadece bir tanesi, o da bu şarkı, tek bir kişinin şarkısı. Kendisi burada, şimdi müsaadenizle bu şarkıyı sadece ona söylemek istiyorum."

Off Soner, off Soner! Beni düşürdüğün hallere bak, senin yüzünden benim aşka inancım kalmadı, hiç sorma!

Hemen arkamı döndüm, gülmeye başladım. Efe şarkıyı söylerken sadece bana bakıyordu, ben de sadece ona. Bara döndüm, içkimi içtim, ben de herkes gibi kendimi akışa bırakıp bütün gece dans ettim!

BÖLÜM 25

Stockholm Sendromu

Eskişehir konseri sonunda ertesi gün de konserleri olduğu için erkenden yola çıktık. Efe yine tüm gece içtiği için arabanın arkasına geçip uyudu. Bu sefer istikamet Ankara'ydı. Öğle yemeği saati Ankara'ya gelmiştik bile. Otelde yemek yedikten sonra Efe sound check için yanımdan ayrıldı. Bütün gün neredeyse hiç konuşmamıştık, yemek yerken de grup üyeleriyle dün gecenin hatalarından bahsediyorlardı. Sıkıntıdan içim çıkmıştı resmen; kızları, Mertol'u şimdiden çok özlemiştim. Keşke şu boş beleş zamanımı onlarla geçirseydim diye kendime kızdım. Yine filmler kandırmıştı beni, bu durumlarda esas kızımız hep çok eğlenirdi. Galiba ben esas kız değilim, artık kabul etmem gereken konu bu. Zaten önemli olan esas kız olmak değil, değil mi? Tüm hikâyede bunu anlatmaya çalışıyorum. Yani Soner'den arta kalan zamanlarda da diyebiliriz. Markalar, filmler, kitaplar hep esas kızlardan bahsedip duruyor. Çok güzel, çok başarılı, çok iyi, hata yapmayan... Sen de hep esas kızları öyle kodluyorsun. Eskişehir'de çiğ börek yerken de kendine esas kızlığı yakıştırmıyorsun. Ama öyle değil, herkes kendi içinde esas kız. Hem de en afilisinden çünkü gerçek esas kızlar, o kadar da iyi değiller, hata yaparlar, selülitleri vardır ve muhtemelen adını bile bilmediği bir kişi için günde sekiz saat çalışırlar. Evet, bu başkası için çalışma fikrine fena halde takılmış durumdayım. Her saniye değişen hayat fikirlerimden sanırım en sabit kalanı bu oldu.

Efeler yanımdan ayrıldıktan sonra hemen odaya çıkıp kendimi yatağa attım. Tek istediğim uyumaktı, tüm perdeleri kapatıp kafamı daha yastığa koymadan adeta bayılmıştım. Kaç saat geçti bilmiyorum, birden birinin bana sarılmasıyla uyandım. Efe sound check'i bitirmiş, biraz uyumak için odaya, yanıma gelmişti. Bana sarılıp, "Biliyorum çok sıkıldın ama sana söz, telafi edeceğim, turne bitince İstanbul'a dönmeden bir yerlere gideriz, sadece ikimiz oluruz" dedi. Bayıldım bu fikre. Hemen ona dönüp heyecanımı paylaşmak isteyecekken adam gene uyumuştu. Romantik dakikalarımızın içine ettiği için sinirle yataktan kalkıp odadan dışarı çıktım ve Mertol'u aradım. Telefonu açtı, "Sertab dükkân yangın yeri, sonra konuşalım" dedi ve kapattı. Yine ağzımdan bir cümle çıkmadan günüme devam ediyordum. Hayatımda hiç bu denli konuşmadığım bir gün olmamıştı. Mutlaka konuşmam lazımdı. Nedense aklıma bir anda babam geldi, bir baba kızını her zaman dinlerdi.

Hemen aradım, daha bir kere bile çalmadan açtı telefonumu. "Nasılsın babacım?" dedim. "İyiyim kızım, ne oldu?" dedi. "Ne demek ne oldu?" dedim, "Özledim, sesini duymak istedim." "Hımm, demek ki canın çok sıkkın ve bunu sen bile kabul edemiyorsun" dedi. "Ne alaka baba, cidden sesini duymak istedim" diye karşılık verdim. "Tamam, sen iyi ol ama ben yine sana bir şeyler söyleyeyim, belki şimdi ihtiyacın yoktur ama sonra olur" dedi ve başladı konuşmaya:

"Hayatta yaptığın yemek seçimine kadar sen fark etmesen de birçok yol ayrımı yaşıyorsun ki çoğunu bilemiyorsun bile. Yıllar sonra geriye dönüp baktığında anlıyorsun. Annenle konuştum, Harika ile sıkıntılı bir dönemden geçiyormuşsunuz. Bir de işinden kovulmuşsun, işte bunların hepsi birer yol ayrımı. Kardeşler arasında küslük olmaz, bugün git barış demiyorum sana, onun da zamanı gelecek ve ilişkiniz hiç olmadığı kadar iyi olacak. İşinden kovulmanın hayatınla ilgili kesin iyi bir nedeni var. Senin yapman gereken onu bulmak kızım. Sana her zaman dediğim gibi..."

Bu sefer telefonda ikimiz aynı anda:

"İyi insanların başına iyi şeyler gelir."

"Son olarak annen de ben de seni çok istedik, bunu bil, annen bazen fazla sinirleniyor."

Ben esas kız mıyım değil miyim bilemem ama babam sahiden esaslı bir adam. Onun kızı olmak da epey havalı. Modum gerçekten yerine gelmişti, Ankara'yı gezmeye karar verdim, zaten bu turneyi "Gezelim Görelim" kıvamına getirmekten başka çarem yoktu. Tunalı Hilmi'de salınırken Mertol aradı. O kadar özlemişim ki onu, neredeyse bir saat konuştuk. Sonunda telefonu kapatırken, "Bence çok uzatma, dön buralara" dedi. İçten içe haklı olduğunu bilmemle birlikte bir şey demedim. Akışına bırakmak bu sefer bana doğru yolu gösterecekti. O kadar yorgundum ki, Efe'nin konserini izlemek yerine odaya gidip uyumayı tercih ettim. Önümüzde daha sekiz şehir var, her konseri izlersem kendimi kesebilirim bence.

Gözümü açtığımda kendimi o kadar iyi hissediyordum ki uzun süredir alkol almadan sakin bir akşam geçirip normal insanların uyandığı saatte uyanmıştım. Hemen mutlulukla sağıma dönüp Efe'ye sarılacaktım ki odada yalnız olduğumu anladım. Adam odaya hiç gelmemiş, telefonumu elime aldım, tek bir cevapsız çağrı ya da mesaj yoktu. Böyle durumlarda aklıma ilk, başına bir iş gelmiş olabileceği geldiğinden sorgulamadan hemen aradım, açmadı. Tekrar aradım, tekrar açmadı. Tekrar aradım, tekrar açmadı. Gruptan birini aramak istedim, kimsenin telefonunun bende olmadığını keşfettim. Sertab'a not, sevgilinin çevresinden bir kişi seç ve telefonunu al. Hemen resepsiyonu arayıp grup üyelerinin otele gelip gelmediğini sordum. Herkes gelmişti. Hemen kalkıp üstümü değiştirdim. Tam odadan çıkacakken Efe zil zurna odaya geldi. Gerçekten yüzünün tam ortasına kocaman bir yumruk atma isteğimden başka bir şey hissetmedim. Tüm gece mekân sahibinin evinde partilediğinden bahsetti. Aslında tam da bahsedemedi ve yatağa yatıp bayıldı. Leş gibi kokuyordu. Hemen odadan çıktım, kahvaltıya gittim. Kahvaltıda tüm grup üyeleri vardı. Açık büfeden bir şeyler alıp sorgusuz sualsiz yanlarına oturdum. Bir anda masadaki tüm konuşma durdu. Herkes uzaylı gibi bana bakıyordu. Hiç istifimi bozmadan, "Günaydın" deyip yemeğimi yemeye başladım. Kimse en ufak bir şey demedi. Kahvaltımın ortasında, "Resmi olarak hiç tanışmadık. Ben Sertab, Efe'nin kız arkadaşıyım" dedim. Titre bak, Efe'nin kız arkadaşı. Laf ağzımdan çıkar çıkmaz grupta bateri çalan çocuk gülmeye başladı. "Merhaba Efe'nin kız arkadaşı, ben de grubun bateristi Ali. Henüz birinin erkek arkadaşı olmadığım için bununla idare etmen lazım" dedi ve masadan kalktı. Arkasından tüm grup üyeleri. Masada sadece grubun rodisi kaldı. Yerin kaç kat dibindeydim, hiçbir fikrim yoktu. Hem haklılardı hem de çok acımasızlardı. Hangisi ağır bastı bilemiyorum şu an. Rodinin adı Kerem'di. Dünyanın en şeker çocuğu. Kendini çok kötü hissetmiş olacak ki açıklama yapmak istedi. "Dün akşam konserden sonra büyük kavga ettiler. Bu yüzden biraz gerginler. Kusurlarına bakma lütfen. Neden olduğunu sordum kavganın. Efe Abi işte, bilirsin. Bazen öyle oluyor."

"Bilirsin, bazen öyle oluyor" derkendeki "bilirsin"i mi, "öyle oluyor"daki "öyle"nin açılımını mı sorgulamam gerekiyordu, bazen ben de bunu düşünüyorum. Gerçekten ben bu adamla ilgili hiçbir şey bilmiyordum. "Kız arkadaşıyım" demek kolay. Adamla ilgili bildiğim en net bilgi viskiyi buzsuz içtiği!

Son olarak, "Lütfen Sertab, toparla onu, akşamki Bursa konserine getir" dedi Kerem. "Tamam" deyip yanından kalktım. İstediğim tek şey arabama atlayıp İstanbul'a geri dönmekti ama sanki buna mecburmuşum gibi hissediyordum. Asansöre bindim. Çıkacağım kata basar basmaz yanıma Teoman geldi.

"Gerçek misin değil mi?"

"Sabahın bu saatinde, sence?"

"Tamam, diyeceğini de git, daha rock müziği için ulvi bir görev yapıp sarhoş sevgilimi toparlayıp diğer konserine götüreceğim."

"Hâlâ adama sevgilim diyorsun, kızım adamla üç gündür konuşmuyorsun bile, ayrıca dün gece gerçekten mekân sahibinde kaldığına inandın mı? Bunca yıldır tanıdığım Sertab bu kadar salak olamaz bence."

Bu esnada odamın olduğu kata gelmiş olmanın mutluluğuyla, "Bay bay Teo!" deyip yanından uzaklaştım.

Uzun uğraşlar sonunda Efe'yi uyandırıp arabaya bindirdim. Hiç konuşmuyorduk, sırf konuşma olsun diye, "Teoman'ı sever misin?" diye sordum.

"Tam bir orospu çocuğudur, ilk zamanlarımızda alt grubu olmak istemiştik, bizden bir bok olmazmış. Ondan önceyi bırak, İsmail YK'dan önce bile çıkamazmışız. Öyle haber göndermişti bize."

"Ben İsmail YK'yı severim" deyiverdim. Anlamsızca yüzüme bakıp, "Çok uykum var Sertab" dedi ve uyudu. Yine muhteşem bir konuşma yapmıştık. Dikiz aynasına baktığımda arkamda Teoman vardı. Kulağıma yavaşça eğilip, "Bu kadar seksist küfürler eden bir adamla berabersin, ayrıca fikirlerim hâlâ aynı, bunlardan bi bok olmaz" dedi.

Sonra tabii ki yine kayboldu. O zamanlarda "troll" lafı var mıydı bilmiyorum ama ilk defa Teoman için kullanılmış olabilir bence.

Ben de tüm yol boyunca inadına İsmail YK dinleyip yine Soner'e küfürler ettim içimden. Beni en güzel o dinlerdi, şimdi yoktu. İşim de yoktu. Ablam da yoktu. Ne idüğü belirsiz bir adamla turnedeydim. Bunların hepsinin bir anlamı var, biliyorum, biraz beklemem lazım, o kadar.

Bursa'ya vardığımızda bu iş maceradan çıkıp saçma bir hal almıştı benim için. Ama adamın bana yaptıkları, yazdığı şarkı, beni deli gibi yanında istemesi, hep bir işaretmiş gibi geliyordu. Erkekler çok net varlıklar değil miydi? Ya isterler ya da istemezler. Adam istemezse zaten söylerdi de ben ne istiyordum? Asıl büyük sorumuz burada başlıyordu. Saçma bir duygu içerisinde ne istediğimi bilmez bir durumdaydım. Tüm sevdiklerimden ayrı kalmıştım. Aslında bu alışık olduğum bir şeydi ama galiba büyüdükçe sevdiklerine bağlılığın daha çok artıyor. Ama artık bunlara hayıflanmanın da zamanı değildi bir yola çıkmıştım ve bu yolun sonu mutlaka bir şeye bağlanacaktı. Her zamanki gibi odamıza geçtik, Efe hâlâ konuşmamıştı ve yüzünden düşen bin parçaydı. Her şeyi geç, gerçekten içim çıkmıştı. Hemen sordum,

"Ne oldu dün gece?" diye. Suratıma bakıp, "Gelseydin bilirdin" dedi tüm lanetliğiyle ve devam etti:

"Daha ikinci konserde darlandın benden. Bizden ne olur, açıkçası tüm gece bunu sorguladım."

Dayanamayıp, "Belli ki tek başına sorgulamadın, sen sorgularken yanında kimler vardı Allah bilir!" diye dün gecenin hesabını sordum gitti.

Sert bir şekilde bana döndü:

"Ooo şimdi de başladık evde kalmış kadın konuşmaları yapmaya. Gelseydin kimlerle olduğumu sorgulamazdın Sertab!"

Herif iyice delirdi, ne sanıyor, yedi yirmi dört beraber olacağımızı falan mı düşünüyor bu! Ha ayrıca neyin kafasını yaşıyor bu mal, ben yanında olmadığım her an başka kadınlarla takılabilme özgürlüğü olduğunu mu sanıyor? Ayrıca evde kalmış kadın kafası derken? Teoman bence haklıydı, adam düpedüz seksist. "Bu odada bir saniye bile kalamayacağım" diyerek kapıyı çarpıp çıkıp gitmeye karar verdim. Daha resepsiyondan çıkmadan yana yakıla arkamdan geldi ve konuşmaya başladı:

"Çok zor günler geçiriyorum Sertab, derin bir çıkmazdayım ve sen bu durumun içinde iyi olan tek şeysin. Biliyorum daha çok yeniyiz ama bunun da içine etmek istemiyorum. Ne olur unut her şeyi, çok özür dilerim. Hadi gel, Bursa'yı gezelim, yemek yiyelim, gülelim, bol bol konuşalım. Hadi, ne olur, söz olan biteni sana anlatacağım. Ne olur benden bu kadar kolay vazgeçme."

Elini uzatmış bana bakıyordu, bense yine geri zekâlılığın sınırlarını zorlayacak şekilde saniye düşünmeden o eli tuttum gitti. Evet, sizleri çok da merakta bırakmaya gerek yok, eğer bu cümleyi, "İyi ki yüreğimin götürdüğü yere gittim" diye başlatsaydım bölümün sonunda çok havalı bir son bekleyebilirdiniz. Ama öyle değil. Arada gerçekten beynimizi kullanmamız gerekiyor, kalp tam bir ergen, sadece hormonlarla ilerliyor. Ama göt oluşum bayağı havalı, biraz daha beklemeniz lazım.

Önce Koza Han'a gittik. Nasıl güzel bir yer, her yer ıhlamur kokuyordu. Oturduk, bir kahve içtik, bolca plan yaptık. Turne bitince nerelere gideceğimize karar verdik. Kaş'a gideceğiz mesela, gider gitmez Zaika'da yemek yiyeceğiz. "Belki birlikte dalmayı öğreniriz" dedik. Ben, Mertol ve Gamze'yle çıktığımız tatilimizden bahsettim. Güldük. Kahvelerimizi bitirdikten sonra dükkânlara baktık, birbirimizin fotoğraflarını çektik. Öpüşürken selfiler havada uçuştu. O bana çok güzel ipek bir şal aldı, mavi renkte. Boynuma sardı, "Sende dursun, sen koksun, bir sonraki Çanakkale konserinde senin kokunla sahneye çıkarım" dedi. Zaten o anda tüm dünya tozpembe oldu. Sonrasında otogarın oradaki dönercide döner yedik. El ele göz göze resmen liseli âşıklar gibiydik. Beraber zaman geçirmek o kadar iyiydi ki, Efe iyi anlarında sadece yanındakine değil bence tüm dünyaya iyi geliyordu. Sipariş alan garsonun bile gününü enerjisi ile güzelleştirdiğine emindim. Yemekten sonra o sound check'e gitti, ben de odaya hazırlanmaya... Konserde buluşmak üzere sözleştik.

Odaya girer girmez o kadar yorgun olduğumu fark ettim ki biraz uyumaya karar verdim. Kafamı koyar koymaz uyumuşum, zaten beni bilirsiniz, uyumakla ilgili hiçbir problemim yok.

Gözümü açtığımda zifiri karanlıktı. Hemen saatime baktım, gece yarısı olmuştu neredeyse. Telefonuma baktım, Efe yine muhtemelen Hugh Grant kimliğinden çıkıp rockçı kimliğine dönmüş olacak ki tek çağrı bile yoktu. Soner olsaydı, iki yüz cevapsız arama sonunda odamın kapısını polisler eşliğinde açtırmıştı bile. Bu arada size de oluyor mu? Yeni sevgilinizi durmadan eski sevgilinizle kıyaslıyor musunuz? Umarım sadece bana özgü bir durum değildir.

Hızlıca kalkıp yüzümü bile yıkamadan odadan çıktım. Hemen bir taksiye atlayıp konser yerine gittim. Kapıda ismimi söyledim, görevli adımın kapıda olmadığını söyledi. Mal oğlu mal onu bile akıl edememiş. "Tamam, bilet alayım" dedim, "Bilet yok" dedi. Efe'nin kız arkadaşı olduğumu söyledim, suratıma bakıp güldü. Mekânın kapısında resmen kalakalmıştım. Yapacak bir şey yoktu, "Zaten konser birazdan bitecek, burada bekleyeyim" dedim, güvenliğin yanına pusu kurup beklemeye başladım. Yarım saat geçtikten sonra canım sıkılmıştı. Hemen yandaki tekel bayiinden bir bira, bir de cips aldım. Pusu kurduğum mekânıma doğru ilerledim. Biramı içmeye başladım. Bir yandan da cipsimi yiyordum. Arada güvenlikle muhabbete başlamıştım bile. İki çocuğu varmış, gündüz bir sitede, akşamları da burada çalışıyormuş. "İki çocuk zor, para lazım" dedi. Haklıydı. Muhabbetimizin geldiği noktaya güvenip, biramı da bitirmiş olduğumdan, "Artık izin ver, gireyim" dedim. "Ee hadi, zaten on beş dakika sonra bitecek konser" dedi. İzin verdi, girdim. Planım, konserin başından beri ordaymış izlenimi vermekti. Efe'ye de "Seni rahatsız etmek istemedim, arkadan izledim" diyecektim. Mekân zaten doluydu, kim nereden bilecek... İçeri girdiğimde insanlar yavaş yavaş çıkıyordu, ortama ayak uydurmak için hızlıca iki duble viski içtim. Hemen havaya girmiştim, resmen konserin en başından beri adeta oradaydım. Konser artık bitmişti, bise çıktıklarında da zıplaya zıplaya öne gider, göz falan kırpar durumu kurtarırdım. Son şarkıları bitince tüm grup içeri girdi. Herkes alkışlamaya başladı, ben hızlıca öne doğru yürümeye başladım. O esnada üçüncü duble viskiyi bitirmiştim bile. Alkışlar esnasında Efe sahneye çıktı ve "Bise çıkmayı çok istiyoruz ama (öndeki kadını göstererek) o gitmeyeceğine söz verirse, çünkü bu gece onunla tanışmak zorundayım" dedi.

Olduğum yerde kaldım. Derin bir nefes aldım, avazım çıktığı kadar bağırarak sahneye doğru koşmaya başladım, "Tipini siktiğimin rockçısı!" diyerek. O anda tek istediğim, o herifi paramparça etmekti. Bana verdiği ipek şalı da götüne sokmaktı. Kendimi nasıl kaybettiysem bir anda iki çocuk babası güvenlikçi abinin kucağındaydım. "Bar kapısında bira içen kadını bara alanda kabahat" diye söylene söylene beni kapıya götürdü. Bense hâlâ sahneye doğru bağırıyordum, "Senin tipini sikeyim!" diye. O ise sanki beni ömründe ilk defa görüyormuşçasına bana sıfır ifade ile bakıyordu.

Kapının önüne geldiğimizde beni yere fırlatmak suretiyle bıraktı abi. Arkasını döndü. Ona da bağırmaya başladım.

"Sen daha önce içeri alsaydın beni, kapıda bira içmezdim! Ayrıca ne olacak kapıda bira içsem! Sen de seksistsin, Efe de seksist! Hepiniz aynı bokun soyusunuz! Allah hepinizin belasını versin!"

Sonra durdum, "Yok senin vermesin abi, çoluk çocuğuna yazık" deyip arkamı döndüm. Yine tüm sinirim içimde patlamıştı, yine aldatılmış ve yine acısını çıkartamamıştım. Bursa sokaklarında yürürken fark ettim ki, bir erkek yüzünden gecenin bir yarısı sokakta tek başıma yürüyordum ve yine sarhoştum. Bu dejavu değil, düpedüz geri zekâlılıktı.

Sokakta tek başıma yürümeye başladım, bilmediğim bir şehirdeydim bu sefer gecenin bir yarısıydı ve salak gibi sarhoş olmuştum. Tabii ki sokakta yürüyorsam yanıma gelecek ilk insan olan Cem Yılmaz saniyesinde yanımdaydı.

"Seni bir kere de normal göreyim."

"Herif bana şarkı yazdı, daha ne diyeyim ki..."

"Ama dün gece seni aldattığını da dolaylı yoldan bugün sana söyledi, ha ayrıca daha bir haftadır tanıdığın adamla turneye çıktın. Suçu ona atma."

"Haklısın."

"Hadi, bin taksiye git, eşyalarını topla. Başka otele yerleş. Sabah da gidip hayatını toparla artık. Tabii bir hayatın kaldıysa."

"Komiklikler, şakalar yok mu bu sefer?"

"O noktayı geçtik artık, hadi."

İlk defa bir şey demeden Cem Abi'yi dinleyip taksiye bindim. Otelin adını söyledim. Bu kadarı yetmezmiş gibi, yolda giderken şimdi de yanıma Teoman geldi. Konuşmasına fırsat vermeden, "Tamam, haklıydın ama ne olur konuşmayalım" dedim, kafasıyla "Tamamdır" dedi, sırtımı sıvazlayıp yok oldu. Otele gidince hemen eşyalarımı topladım, sonra mini bardaki tüm içkileri aldım. Efe'nin tüm eşyalarını yırttım, aynaya da "Senin tipinin sikeyim" yazdım ve defolup gittim. Her şey o kadar hızlı oluyordu ki, düşünmeye bile fırsat bulamamıştım. Arabaya binip derin bir nefes aldım. Odadan çaldığım içkileri içmeye başladım. O kadar çok içmişim ki arabanın içinde sızmışım.

Sabaha karşı gözüme güneşin vurmasıyla uyandım, leş gibiydim. Kafamı yana çevirdiğimde artık hayal görme seviyemi en üst noktaya taşıyıp, aldığım tazminatın bir bölümünü psikoloğa vermeye karar verdim, çünkü Soner yanıma oturmuş beni izliyordu. Ama o kadar gerçekti ki, hiçbir şey yapmadan gözlerinin içine baktım. Sanki yaşadığım her şeyin tek sorumlusu oymuşçasına gözlerimi dikip nefretle ona baktım.

"Ne işin var burada!"

"Hayallerinde hep ünlüler var, ee ben de ünlüyüm, geldik işte. Ne derdin var? Ben senin hayalinim, sen söyle, ben söyleyeyim."

Hayalimde bile adam beni göt etmek için var.

"Senden nefret ediyorum. Her sabah sana küfürler ediyorum. En mutlu anımda bile sana küfür ediyorum. Senden gerçekten nefret ediyorum. Soner, sen kötüsün."

"Her şeyin sorumlusu sensin. Suçu bana atamazsın. Hayatındaki her şeyin tek sorumlusu sensin. Şu haline bak, Bursa'da arabanın içinde içip sızıyorsun. Hem de mini bardan çaldığın içkilerle. Sana bir şey diyeyim mi? Senden bir bok olmaz. Büyük büyük konuşursun. Havalı lafların var ama hepsi sadece laf. Dönüp baktığında içinde sıfırsın. Senin bir hedefin yok günü kurtarmaktan başka. Benimle birlikteyken tek derdin bendim. Anlamadım falan mı sanıyorsun? Sonra işe sardın, orada bile derdin beni unutmaktı. Sonra sevgili yaptın güya, bir haftada ablanla küstün, işinden kovuldun ve yine aldatıldın."

"Öncelikle sana çok önemli bir şey söyleyeceğim, bazı insanların tek derdi günü kurtarmak olabilir. Çünkü bazı insanlar, senin bir haftada kazandığın para ile bir yıl geçinmek zorunda. O günkü en büyük derdi ev kirasını ödemek olabilir o insanların. Evet, kahrolsun bağzı şeyler, lakin hayat herkese her zaman aynı yüzünü göstermiyor. Haa ayrıca ne güzel söyledin, yine diye! Evet, yine, çünkü neye dayandırırsan dayandır sen bana yalan söyledin. Gözümün içine baka baka bana yalan söyledin. Şimdi de başka bir herif bana aynısını yaptı. Durum bu kadar basit, benim içim en azından boş, seninki ise kötü!"

"Evet ben asla temize çıkaramayacağım, zaten çıkarmaya çalışmadığım bir hata yaptım ve bu hatanın sonuna kadar da arkasında duruyor, suçluluğunu da hissediyorum. Peki sen ne yapıyorsun? Mesela sen bana karşı hep dürüst müydün? İşe sırf hobi olarak gitmene, tek derdinin benimle evlenmek olmasına, fotoğraflarını herkesin görmesini istemene ne demeli? Ama bunlardan bir gün bile bahsetmedin. Bu ne? Aldatmak değil mi? Ulan sen beni her gün aldattın. Son güne kadar."

"Yalnız, 'ulan' demezsek..."

"Savruluyorsun Sertab, oradan oraya savruluyorsun. Bunu sana bir de ben söylemek istedim. Çevrendeki bu kadar insan sana aynı şeyi her gün söylüyor ama sen inatla anlamıyorsun! Ben seni çok seviyorum, senden başka hiçbir kadını böyle sevmedim ben. Ama gelmedim ve daha da gelemeyeceğim, sen sana geleceğim tüm yolları birer birer kapatıyorsun. Aylardır bakıyorum ama bir tane en kötüsünden, taşlısından dahi olsa yol bırakmıyorsun sana gelebileceğim."

"Bırak kendim için neyin iyi olduğuna ben karar vereyim. Evet, bana gelme, hatta yanıma bile yaklaşma. Belki de ben bilerek o yolları kapadım sana. Ayrıca bana acıma repliklerini de oynadığın filmlere sakla!"

"Tamam, her şeyi geri alıyorum, sana tek diyeceğim, kendine yetmeyi öğren artık, belli ki kendin için yapmıyorsun bunu, benim için yap. Yap ki biz yine sarılıp uyuyalım."

Ve Soner gitti... O gitti, ben arabanın içinde bağıra bağıra ağladım. Sonra bir anda ağlamam bitti. Kendimi toparladım, kontağı çevirdim, çok güzel şarkılar açtım. Hepsi benim arkadaşım, hepsi beni anlar diye. Ama önce benzin almam, yüzümü yıkamam ve kahve içmem lazımdı. Hemen bir benzincide durdum benzin dolarken tuvalete gidip yüzümü yıkadım. Aynaya baktım. Evet, biliyorum, bugün hayatımın miladı. Bu tuvaletten çıktığımda bambaşka biri olacağım. Saçımı topladım, dikleştim. Tüm dramalarımdan kurtuldum. Bir kahve aldım, biraz da atıştırmalık... Benzin parasını ödemek için kasaya gittiğimde arabayı full'lediğim için hediye gazete verdiler. Kahvemi içip arabaya doğru ilerlerken gazeteye bakıyordum. Arabanın önüne geldiğimde kahve elimden düştü, yine tüm dramalarım geri geldi.

Ağzına sıçayım, aldığım her karar en fazla beş dakika sürüyor. Arabaya bindim. İnsanlar neden arabaya bindiklerinde kimsenin onları görmediğini düşünür ki? Herkes burun karıştırır, ben ise sinir krizi geçirmeyi tercih ettim. Avazım çıktığı kadar bağırıp gazeteyi paramparça ederken benzin istasyonuna küfürler ediyordum, "Sizin vereceğiniz hediyeyi sikeyim" minvalinde. Tam da bu esnada pompacı cama vurdu. "Ne var be, ne!" diye bir de adama bağırmaya başladım, "Abla fişi alabilir miyim?" diye sordu. Bence dünyada sadece o pompacı arabanın içini görmüyordu ki böyle bir soruyla geldi. "Al!" dedim. Bir de ona bağırdım. Bu vesile ile pompacıdan da özür diliyorum. Sert bir andı.

Orada kendimi daha fazla kaybetmeden arabayı kullanmaya başladım. Aaa bu arada gazetenin ana sayfasında gördüğüm şey, Soner ve başka bir "at"ın fotoğrafıydı. Başlık da "Yeni bir aşk mı doğuyor?" idi. At ile Soner sabaha karşı bir çorbacıda yakalanmış. Amın oğlu ile her akşam çorbacıya giderdik, bir kere yakalanmadık. At olmadığım için magazinde de bir değerim yoktu galiba. Ben arabada sarhoş olurken o çorbacıda at ile ayılıyordu. Ben onun hayali ile konuşurken o at ile kaşık yapmış uyuyordu muhtemelen.

Tüm bunları düşünürken aslında bir tane daha hayale hayatımda yer yokken, en doğru adam olan Kenan Doğulu'nun arabaya gelmesi keyfimi yerine getirdi.

"Canım Kenan, iyi ki geldin."

"Bunca zaman gelmemem sence de saçma değil mi?"

"Sana hep yükseğim ya, muhtemelen o yüzden. Bak hatta yine bir yükseldim, siz sahnede olan ve şarkı söyleyen adamların da durumu bu. Seni aşk acısı çekip dinleriz ama o an gelsen aşk acısı falan atılır bir kenara, yürüyelim arkadaşlar."

"Çok tatlısın."

"Bu işler tatlılıkla olmuyor, at olmakla oluyor."

"Yanlışın var, bu işler duruşla oluyor, sende onu toparlamak lazım."

"Ay Soner de bugün aynı şeyi dedi. Duruşuma sokayım. Boş ver, hadi şarkı söyle, yumuşak bir şeyler beni de yumuşatır bence."

"O iş bende."

"Gece güneşim düşünmeden söndün
Kalbimi serinlettin
Bu defa boyun eğdim
Hangi güvercin atlamış çatıdan
Ya da hangi balık denize
Hesap yapıp akıllıca
Bile bile sen bir kahraman
Ben bir hikâye
Sessiz film gibi çaresiz sustum
Bugün pamuk kalbinden taşınıyorum
Masal diyarlara göç edip yeniliyorum
Her gözyaşı sana, her hatıra bana
İnanamıyorum sensiz kaldım yine"

"Ne olur gitme, böyle gidelim beraber, ne olur..."

"Tamam ama bir şartla, İstanbul'a varır varmaz önce Harika'nın evine gidip ondan özür dileyecek, gerekirse kapısında yatacaksın. Yoksa bu kadar hayali arkadaşla yakında tımarhanelik olursun."

"Anlaştık."

Kenan gerçekten üç saat boyunca yanımdan gitmedi. Hiç konuşmadık ama yanımdaydı. Ta ki Harika'nın kapısına gelene kadar. Sonra, puf. Ama olsun, canım Kenan her zaman herkese iyi gelir.

Kapının önüne geldiğimde durmadan kafamda cümleleri toparlamaya çalıştım. Sakince düşününce yaptığımın hiçbir şekilde tutulur yeri yoktu. En mantıklı cümle, "Eşeklik ettim, çok özür dilerim"di. Tereddüt bile etmeden kapısının çaldım. Diyafondan bir erkek sesi geldi.

"Kim o?"

"Sen kimsin?"

"Ne demek ben kimim? Kapıyı siz çaldınız."

"Ben sana mı çaldım, sen kimsin?"

"Kardeşim sen kimsin?"

"17 numara mı?"

"Evet."

"Tamam, Harika nerede?"

"Evde."

"Sen kimsin?"

"Erkek arkadaşı."

Oha! Harika sevgili yapmış. Harika'nın, buzlar kraliçesinin sevgilisi var. Kesin büyükelçi falan. Evde şu an takım elbisesiyle oturuyor. Ama en önemlisi ben şu saçma kavga yüzünden bu anı kaçırdım. Kendime inanamıyorum. Kavgayı falan unutmuştum. İnşallah barışma faslı kısa sürer de tüm dedikoduları öğrenirim. Kapıdan gelen sesle tekrar gerçeklere döndüm.

"Orda mısınız?"

"Adınız ne?"

"Pardon?"

"Ben pardon, ben Sertab."

"Aa Harika'nın kız kardeşisin."

"Evet, senin adını sormuştum."

"Asil ben de."

"Yok artık."

"Anlayamadım."

"Boş ver..."

Kapıyı sonunda açmıştı Asil. Asansördeyken, gerçekten gülme krizine girdim. Harika'nın sevgilisi Asil. İnanılmaz bir kadın bu Harika. Kapıya geldiğimde Asil'den iz yoktu, Harika kapıda gülmeyen yüzü ile bana bakıyordu. Hiç uzatmadım, hemen konuya girdim.

"Eşeklik ettim. Özür dilerim. Uzatmayalım, zaten aile arasında küslük olmaz değil mi? Affettin di mi? Hadi gireyim içeri."

Yüzünde tebessümü yakaladım. "Salaksın Sertab, gerçekten koca bir salaksın. Tamam, hadi gir" dedi. Sanki hiçbir şey olmamışçasına içeri girip içeride Asil'i aramaya başladım. Aile olmak şahane bir şey, ne yaşarsan yaşa, ne kadar uzakta kalırsan kal ya da ne kadar kıskanırsan kıskan, günün sonunda hayatında hep ama hep onlar var. İçeride Asil'i ararken Harika'ya dönüp, "İsmini özellikle mi seçtin?" diye sordum. Güldü, "Evet, bana bile komik gelmedi değil" dedi. Asil mutfakta kahve yapıyordu. Hemen konuya girdim, merak ettiğim tüm soruları filtre kahve demlenmeden sormuştum bile. Asil doktor. Şaşırdık mı? Hayır. Uganda'da tanışmışlar. Sınır Tanımayan Doktorlar'danmış. Çocuk doktoru. İçimden hemen, "Yaşasın, çocuğum olursa doktor hazır" diye düşünmedim değil. Hâlâ evlilik düşünmeme insan bazen hayret ediyor. 36 yaşında, kumral, gamzesi var. Harika ile muhteşem uyumu gerçekten yakalamışlar. Kahvelerimizi alıp oturduğumuzda hızlıca tanışma hikâyelerini sordum. Harika'nın eğitim verdiği okulda bir gün bir çocuk bayılmış. Açlıktan olduğunu düşünüp yemek getirmişler ama çocuk kendine gelemiyormuş, sonra bunlara ulaşmışlar ve jönümüz hikâyeye girmiş. İlk görüşte aşk değilmiş ama birbirlerini tanıdıkça sevmişler. Yine soruyorum, şaşırdık mı? Hayır!

Öğrenmem gereken her şeyi öğrendikten sonra Harika'ya dönüp, "Hadi akşam kız kıza Tahtasaray'a gidelim. Kızları da çok özledim" dedim. Kızlarla konuşup buluşmaya karar verdik. Harika eve gidip duş almam gerektiğini söyleyince akşamdan kalma olduğumu hatırladım. Hayatıma inanıyorum bazen ama çok seviyorum. Buna ayık kafayla eminim. Salak Soner boşsun dedi bana, siktirsin. Bayağı doluyum ben, o ne anlar!

BÖLÜM 26

Sen Yürümeye Başlayınca Yol Kendiliğinden Görünür

Hayatımla ilgili ne yapacağıma dair en ufak bir fikrim yoktu, belki bu akşam kızlardan biraz ilham alırdım. Bu arada Efe'den haber yoktu. Beni aldatan erkeklerin galiba ortak özelliği bu, aldatıyor ve olaysız dağılıyorlar. Ben kendi olaylarımla kendi kendime kalıyordum. Akşam eksiksiz kadro olarak buluştuk. Siparişler verildi. Kızlar kendilerine rakı söyledi. Hayatımla ilgili karar almadım dediysem o kadar da değil, bende yarattığı aşırı ve gereksiz gazlardan sonra alkolü bir müddet hayatımdan çıkardım. Gerçekten bir hayatım olana kadar ayranla devam... Mezeler, kaburgalar ama en önemlisi çiğ köfteler havada uçuştu, o ayrı. Herkes son on beş gündür hayatımda ne olup bittiğini gerçekten çok merak etti. Kronolojik sırayla anlatmaya başladım. Efe'nin beni aldattığı bölüme gelince ezeli rakibim çiğ köfte arzı endam etti. Aldatma ve sonrasında gösterdiğim tepki de çiğ köftenin muhteşemliği ile güme gitti. Biliyor musunuz, bu sefer umursamadım. Galiba Efe salağı hayatımda hak ettiğinden fazla ilgi görmüştü zaten. Çiğ köfteyi heba etmeye gerek yoktu. Zaten daha önemli konularımız vardı, Harika'nın lordlar kamarasından olan sevgilisi mesela. Tam konuya giriyordum ki, Gamze, "Size bir şey söylemem lazım" dedi. Herkes, tonlamasından olacak ki, dikkatini ona verdi.

"Ben evleniyorum."

Masadaki derin sessizlikten sonra garsona işaret edip kendime rakı söyledim. Beni bilirsiniz, aldığım kararları uygulamada bir dünya markasıyımdır. Gamze'ye verdiğimiz tepkilerden önce size biraz ondan bahsetmem lazım. Gamze, sizin ne kadar yakın arkadaşınız olursa olsun görüp görebileceğiniz en ketum insandır. Siz ishalinizi bile onunla paylaşacak kıvamdayken o genelde dinler. Sonuna kadar yanınızdadır ama hayatı ile ilgili en büyük kararları alırken belki de etkilenmemek adına, sizinle paylaşmaz, karar verdikten sonra anlatır. Önceleri garipsiyor, hatta kızıyordum. Yaşım ilerledikçe onu galiba olduğu gibi kabul etmeye karar verdim. Çünkü, samimiyetsizliğinden ya da sinsiliğinden yapmadığını biliyordum, o öyle yapmayı tercih ettiği ve öyle mutlu olduğu için yapıyordu. Biz de ona saygı duymaktan başka bir şey yapmıyorduk da, ulan hangi ara sevgilin oldu da evlenmeye karar verdin, orası kara delik. Eğer kayıplara karıştığım iki haftada bunlar olduysa, kayıplara karışarak para kazanabilirdim.

"Kısmetiniz açılsın mı istiyorsunuz? Sertab Bal yanınızda! Hayatınızın aşkını bulmaya bir adım yakınsınız. İki hafta yakın arkadaş olacağız sonra ben hayatınızdan çıkacağım ve siz sonuçlara inanamayacaksınız! Arayın konuşalım, Sertab Bal, kısmet açıcı."

Gamze, her şeyi anlattı. Tüm lise hayatında Osman, diye bir çocukla beraberdi. Başka lisedeydi Osman, ben bile iki üç defa görmüştüm. Lise sonda Gamze kendini sadece ÖSS'ye vermek istediği için de Osman'dan ayrılmıştı. Sonra da hiç görüşmemişler. Ta ki Osman, Gamze'nin çalıştığı bankaya işlem yapmaya gelene kadar. Önce birbirlerini tanımamışlar. Osman kimliğini verince Gamze hatırlamış. Olaylar da bir hafta içinde gelişmiş. Dün akşam da bizim Osman, "Artık daha fazla beklemeye gerek yok, hadi evlenelim" demiş. Gamze de hemen, "Tamam" diye cevap vermiş. Harika da Gamze de resmen romantik komedi filmlerinde yaşıyor. Bu kitap neden benimle ilgili, onu emin olun ben bile anlamış değilim. Hemen hazırlıklara başlıyorlarmış.

Ben hikâyeyi hemen romantik komedi filmine bağlasam da Gamze, kızların geri kalanından aynı tepkiyi göremedi. Hepsi birden, bu devirde ne bu acele minvalinde Gamze'ye giydirmeye başladılar.

Gamze de tüm olumsuz konuşmaları bir anda savuşturup, "Kızlar ben çok mutluyum, gerisi boş. Hadi kadeh kaldıralım" dedi, sonrası zaten bol bol gelinlik modeli oldu.

Eve dönerken söylediği son söz aklımdaydı hep. Gerçekten önemli olan mutlu olmak. Sonunu düşünmeden çok mutlu olmak. Eve gelir gelmez hemen pijamalarımı giyip bir film açtım, nasılsa ertesi gün gidecek bir yerim yoktu. Film izlerken televizyon karşısında uyuyakalmışım, sabaha karşı Emel Abla'nın sesi ile uyandım. Başımda durmuş en nazik haliyle, "Hadi Sertab, kalk yerine yat" diyordu. "Emel Abla gerçekten bunun için mi geldin?" dedim, "Burada uyusam ne olur?" "Olmaz, git yerinde yat Sertabcığım" dedi. "Tamam" dedim, yerimden kalktım. Yatağıma giderken bana dönüp, "Yarın bambaşka ama çok güzel bir gün olacak, bana güven" dedi ve bir anda kayboldu. Bunca yaşadıklarımdan sonra bir günde hayatım yoluna girer miydi, hiç sanmıyorum. Ama şunu biliyordum ki, ben yürümeye başlayınca yol kendiliğinden görünecekti (Mevlânâ).

BÖLÜM 27

Sözüm Söz!

Evet, gerçekçi olmak gerekirse, yola çıkmak için biraz bekledim. Hatta evden hiç çıkmadan, peynirli cipsle kahvaltı ederek, domateslisiyle öğlen yemeği yiyerek, akşam da hafif olsun diye zeytinyağlısını tüketerek günlerimi geçirdim. Kaç film izledim, hatırlamıyorum bile. Ama iyi geldi, uzun zamandır koşturmadan durarak, drama olmadan zaman geçirdim. Arada Soner'in ve Efe'nin hesaplarına bakmadım değil. Soner'de at aradım, Efe'de over doze haberlerini; hiçbir şey bulamadım. Bir de bolca makale okudum. Evet, ben bir sürü makale okudum. Çağın nereye gittiğiyle ilgili... Çok değil, bir ya da iki sene içinde özellikle dijital dünya, insanların satın alma kararlarını verdiği en büyük araç olacakmış. Yine şansıma çok iyi bir yerde uzmanlık yaptığımı anladım. Kafamda çılgın planlar vardı. Ama henüz sadece plandı. Bence biraz daha zamana ihtiyacım vardı, doğru zamanı bekliyordum, o zamana kadar, "Daha çok, daha çok film" felsefemden asla ama asla vazgeçmedim. Filmlerde hikâye kimin üzerine kuruluysa, en dibe gitmesi lazımdı ki hayatına aşırı iyi şeyler girsin. Gerçi ben daha ne kadar dibe gidebilirdim, o tartışılır. O akşam, yine standardım olan zeytinyağlı cipsimi yerken Gamze mesaj attı, "Hadi biraz yürüyelim" diye. Mesajı göbeğime koyup yazmamdan anladım ki biraz hareket etmek iyi gelecekti. Hemen Ortaköy sahilde buluştuk. Bebek'e kadar yürüyüp yaktığımız kalorileri hızlıca geri almak adına waffle yemeye karar verdik. Gündem maddemiz zaten belliydi: Gamze'nin düğünü. Nasıl heyecanlı, içinde en ufak bir şüphe bile yok. "Böyle mi oluyor?" diye sordum. "Yani, o kişi karşına çıkınca direkt anlıyor musun?" "Saçmalama" diye cevap verdi, "Bence karşına çıkanla alakası yok. Senin o dönemdeki ruh halinle alakalı. Kendi hesaplaşmalarınla alakalı. Yani, içindeki tüm hesaplaşmaları bitirince, başkası için hazır oluyorsun. Yoksa, hepimiz özümüzde aynıyız. Tek olay, doğru zaman." "Bence sen bana laf sokuyorsun" dedim. "Evet, nasıl anladın?" dedi, güldük. Sonrası bolca gelinlik modeli, hangi şarkı ile çıkacakları... Şarkı konusunda eksper olduğum için birçok öneri verdim. Ama en çok Emel Abla'ya torpil yaptım tabii ki... "Emel Sayın ne alaka be?" dedi. "Uzun hikâye" deyip geçiştirdim. Düğünleri tam bir ay sonraydı, waffle'larımızı yerken Gamze'ye bakıp söz verdim, "Bir ay sonra o düğüne bambaşka bir Sertab gelecek" dedim! "Zaten gelsin" dedi, "Şu haline bak, üstünde hâlâ cipsler duruyor!"

Bütün arkadaşlarımın ve ailemin hep haklı olması gerçekten can sıkıcı. Gamze Bebek'ten taksiye binip eve doğru yola çıktı, bense evime doğru yürümeye başladım. Yolda Mertol'u arayıp ertesi gün buluşmak üzere sözleştim. Üzerimdeki cipsleri temizledim, kulaklığımı taktım, canlarım eşliğinde bu sefer hiçbir yeni karar almadan ve hayatı sorgulamadan yürüdüm, çünkü ne zaman bir karar alsam bir saat içinde her şey yerle bir oluyordu. Şu an kafamda olan bir şeyler vardı ve "bakalım"dı. Abartmanın anlamı yok.

Sabah olur olmaz güzelce bir banyo yapıp, temiz kıyafetlerimi giyip soluğu Mertol'un yanında aldım. Önce biraz Gamze hakkında konuştuk. Bir mantık abidesi olarak en çok onun buna karşı çıkacağını düşünürken ters köşe yapıp çok doğru bir karar olduğunu söyledi. "Gamze ayakları yere basan bir kadın, kendisi için en doğru kararı almıştır" dedi. "İkiniz durmadan bana laf sokuyormuşsunuz gibi hissediyorum" dedim. "Olabilir" dedi, "Senin ayaklarının yere basmadığı aşikâr. Sahi son iki-üç haftada olanları bir de yüz yüze dinlemek isterim sevgili groupie" dedi. Tüm olan biteni bir de ona anlattım, beni bilirsiniz, konu ben olunca sabaha kadar konuşabilirim. Sanırım esas kızlara bir tek bu yönüm benziyor, konuyu ne yapıp edip kendime getiriyorum.

Olan biteni bolca konuştuktan sonra, "Kafamda bir iş planı var Mertol" dedim. "İşi geçtim, bir planının olması ve bunun bir erkekle alakalı olmaması bile büyük bir gelişme" dedi. Haksız sayılmazdı, ne zaman Mertol'un dükkânına gitsem konu hep faydasız bir adam oluyor. Ama söz verdim kendime, bu şahane imajı bir ay içinde değiştireceğim, kaldı yirmi dokuz günüm.

Hemen anlatmaya başladım. "Senin de bildiğin üzere dijital çağa resmen adım attık ama markalar henüz bu işlerin ciddiyetinin çok da farkında değiller, varsa yoksa televizyon reklamları. Onlara hizmet veren ajanslar da genelde bu kafada. Evet, artık sosyal medya ajansları var. Ama çoğunun proje bazlı dijital içerikler üretecek bir ajansı yok, varsa da ben bilmiyorum çünkü Strong'da böyle bir ajans aramamıza rağmen bulamamıştık. Yaratıcı ajansımızın dijital dünya için fikirleri çok hantal kalmıştı. Kısaca diyorum ki, bir ajans açayım ve bu ajans markaların müşterileri ile daha sıcak ve eğlenceli şekilde iletişime geçmesini sağlasın. Onlara sürprizler yapsın ve bunları kayıt altında tutup bir viral haline getirsin. Adı da 'Surprise Company' olsun."

"Haineken kafası diyorsun" diye cevap verdi Mertol.

"Aynen" dedim, "Tek farkı, şirketin adı Sürpriz de olsa markalara dijital içerikler üretecek, hatta bunu ünlülerle bir araya getirip gerçekten ses getirecek işler yapacak. Bence markalar da bu fikre bayılacak çünkü herkes bir şeyi ilk yapan olmak ister. Bir marka olarak bunu sahiplenmek çok havalı olacak. Ee hadi söyle, ne düşünüyorsun?"

Yüreğim ağzımda Mertol'un cevabını bekliyordum, hem dürüstlüğüne çok inandığım hem de ne derse çıktığı için. Genelde ben ne dersem negatif yaklaştığı için biraz gergindim açıkçası. Onu ikna edersem herkes ikna olurdu.

Bana baktı, kahve barının altından bir küçük viski şişesi çıkardı, önce viskisini övmeye başladı, "Bak Sertabcığım bu viski Ardbeg Galileo, pazarlama söylentilerine göre uzaya gönderilerek damıtılmış. İşte sırf bu yüzden sadece çok ama çok özel günlerde bir kadeh içerim. Bu da öyle bir gün. Seninle tanıştığım günden beri ilk defa mantıklı bir fikir ağzından süzüldü. Sonuna kadar arkandayım. Hadi viskilerimizi içerken iş planından bahsedelim. Ofis işini ne yaptın, ekip kurdun mu, portföyünde kimler var ve en önemlisi açılış bütçen ve yılsonu hedefin neler?"

Bu sorular karşısında önce şu pahalı viskiyi shot yapıp derin bir nefes aldım ve konuşmaya başladım.

"Benim sadece bir fikrim var. Ne ofisim ne de ekibim var, sermayem ise Strong'dan kalan tazminatım. Yani bu dediklerini yaptığım anda bitecek olan para. Son olarak, hedefim tüm paramı bitirince hâlâ kirayı ödeyebilecek parayı kazanmak. İş planım bu şekilde. Nasıl?"

"Hevesini kırmamak adına bir şey demeyeceğim, her şeyi halledeceğiz, ekibini kâr ortağı yapar, küçük bir ofisle başlarız. Şirket ekipmanlarını ikinci elden buluruz. Portföyü de buradan hallederiz, tüm plazacılar her sabah kahvesini benden alıyor. İlk toplantılarını ayarlamak da benden. Sen ofisini bul yeter. Lokasyonu iyi olsun; Cihangir, Nişantaşı falan. Şirketler oralarda olan ajanslara bayılır. Al bu da iki emlakçı numarası, benden aldığını söylersin, yardımcı olurlar. Aferin be Sertab, kedi olalı bir fare tuttun."

Adam o kadar pratikti ki bazen nasıl Mertol'a âşık olmadığımı bile sorguluyorum, galiba hayatımı mahvetmek yerine hep güzelleştirdiği için, bir de kaç bin yıldır sevgilisi olduğu için olabilir. Mertol'dan aldığım gazla hemen emlakçıları aradım. Zamanım çok az, bir ayda şirketimi kurup ilk işimi almak zorundayım. Gamze'nin düğününe Teoman şarkısı ile değil Nil'in kadın şarkılarından birinin vermiş olduğu gazla gideceğim, sözüm söz!

-

BÖLÜM 28

29 Gün Sonra

İnsanın hayatı bir ayda değişir mi? Hayır değişmez. Ama içi değişir, algıları açılır, neyi istediğini anlar, yaptıkça yapası gelir. Daha doğrusu ayar. Yıllarca aymaya çalıştığı şeylere ayar. Uyumak gibi, bazı geceler uyumaya çalışırsın, döner durursun, sonra bir anda uyursun ama tam da net değildir ne zaman uyuduğun. Uyumak gibi, aymak da aynı işte. Peki, üzüntülerini bir kenara bırakır mı? Bırakmaz. Ama onlara da alışır, yaşamayı öğrenir. Merak etmeyin bu muhabbeti daha fazla uzatmayacağım, kişisel gelişim kitabı değil bu. Sevgilisinden ayrılınca hayatı yeniden anlamlandıran bir kadının da hikâyesi de değil. Zaten hayat öyle anlamlandırılmaz, ki hâlâ ona bağlıyorsanız bu kitabı, üstelik neredeyse sonuna geldiniz, bir kenara bırakıp sağlam bir kişisel gelişim kitabına başlamanız lazım. Çünkü bu sadece hayat. Hayatınıza birinin girmesi, çıkması kadar doğal. İş hayatının mükemmel olması, olmaması kadar normal. Hep aynı olmuyor hayat, bir iyi bir kötü. Yeter ki her şeyiyle kabullenelim. Off çok iyi konuştum, tamam, artık konuya girebilirim.

Evet, benden duymaya çok da alışık olduğunuz cümleler değil bunlar, sanırım 29 günün sonunda ayaklarım yere daha sağlam basıyor. Daha iyi hissediyorum ve bence en önemlisi, savrulmuyorum. Cihangir'de bir odalı ama büyük bir odalı ofis tuttum. Ortasına kocaman bir masa aldım. Benimle birlikte şimdilik iki kişi daha çalışıyor. Onları da Mertol buldu. Gerçekten

Mertol olmasaydı hayatım nasıl olurdu, düşünmek bile istemiyorum. Emre muhteşem bir grafik tasarımcı. Bütün fikirlerimi öyle bir sunum olarak hazırlıyor ki, ben bile inanamıyorum. Emel de, evet yanlış duymadınız, hem de mavi gözlü, bu fikirleri hangi marka ile buluşturacağımızı bulup tam bir yakanızdan düşmek bilmeyen eski sevgili gibi toplantı ayarlayana kadar utanmadan, bıkmak yorulmak bilmeden potansiyel müşterilerimizi arıyor. Üçümüz aynı masada oturuyoruz. Kimse kimsenin astı üstü değil, sadece kirayı ve masrafları ben ödüyorum. Mertol ofis hediyesi olarak son model bir kahve makinesi aldı, kahve çekirdeğimiz de bedava. Gamze ve Masal da yazıcı aldılar. Harika da ablalık kontenjanından sonraları inanılmaz pahalı olduğunu öğrendiğim Emre'nin iMac'ini aldı. Emre iMac'i görünce delirmişti de o zaman anlamıştım. Emel'e de ikinci el bir MacBook Air aldık. Benim Allah'tan vardı da masraflardan çıktı. Burcu Abla da karşımızda tüm fikirlerimizi yazdığımız beyaz tahtamızı hediye etti. Bu ajans fikri sadece beni değil herkesi inanılmaz derecede heyecanlandırıyordu. Ama galiba en çok annem mutlu oldu. Babamın anlattığına göre, "Kızımın ajansı var" diye ortalıklarda geziyormuş. Ha bu arada, bence annem en makbule geçen şeyi verdi. O da Betül Abla! Her sabah gelip hem yemek yapıyor hem de ortalığı toparlıyor. Ofisimiz hep mis gibi kokuyor. İlk fikirlerimizi de önce ona anlatıyoruz. Sonunda da hep, "Betül Abla, sana yapılsa mutlu olur musun?" oluyor sorumuz ve cevap da hep aynı: "Hediye verecekler miymiş?"

Her şeyimiz tamdı, tek eksiğimiz bir müşteriydi. Genelde insanlar böyle bir işe giriştiklerinde ellerinde bir müşteri olur. Bizimki cahil cesaretiydi galiba. Ama her zaman şunu düşündüm, en fazla ne kaybedecektim? Olmadı mı, elimdekileri satar, kira kontratımı bitirir, özgeçmişimi günceller ve kariyer.net'e yüklerim. Her zaman da şunu düşünürüm: En azından denedim!

İlk projemiz için toplantımızı Emel'in sonsuz darlamaları sonucunda almıştık. Gamze'nin düğününe sadece bir gün kala son tiki de atmak üzereydik. Potansiyel müşterimiz bir bankaydı. Bankanın anlaşmalı olduğu bir restoranda gün içinde bankanın kredi kartını kullanan ilk müşterinin masasına bir anda konfetiler yağacak ve masasına Emel Sayın saz ekibi ile şarkı söylemeye gelecekti. Tüm bunlar da gizli kamera ile çekilecek, bir viral haline getirilecekti. Burada da bankanın tüm yıl kampanyalarına konu olan vaatleri ön plana çıkarılacaktı. "Bankamızı kullanan her müşterimiz ayrıcalıklıdır." Emre toplantıya katılmamaya karar verdi, "Ben yaptım, hadi siz de satıp gelin, ben sizi ofiste bekliyorum" dedi. Cihangir'den bankanın Levent'teki plazasına doğru yola çıktık, ikimiz de gerçekten çok heyecanlıydık. Her şeyin ötesinde, fikri satarsak canlı canlı Emel Sayın'ı da görmüş ve tanışmış olacaktım. Bu fikir bile beni heyecanlandırmaya yetiyordu.

Toplantı saati geldiğinde, bizi içeri almak için geldiler. İçeri girdiğimde heyecanım üç katına çıkmıştı, sanki tüm pazarlama departmanı toplantıdaydı. Masadaki sekiz kişi bir anda bizi süzmeye başladı. İçlerinden sadece biri erkekti, bu da beni mutlu etmişti. Kadın kadının halinden her zaman anlar. Kısa bir, "nasılsınız, iyi misiniz"den sonra belli ki tüm ekibin en havalı iş tanımına sahip olan kadın, "Bana biraz ajansınızdan bahseder misiniz?" dedi. "Bu toplantıyı ancak şirinlik kurtaracak"tan yola çıkarak başladım konuşmaya:

"Vallahi bahsedecek çok şey yok, bir ay önce kurulduk. Toplamda üç kişiyiz. Ofiste Emre size biraz sonra anlatacağım sunumu hazırlayıp benim bulduğum fikirleri olgunlaştırıyor; Emel de bu toplantının olmasını sağlıyor. Bir de Betül Abla var, birlikte çalışma fırsatını yakalarsak dünyanın en iyi sarmasını yapar, ofiste size onu ikram edebiliriz. Bunun dışında bu ilk toplantımız. Bu yüzden, ileride kocaman bir ajans olduğumuzda, ki bu kesin, hiç unutmayacağımız bir an olacak. Bir de siz fikrimizi sever ve bize güvenirseniz şahane bir hikâye olacak, ajansa yeni başlayanlara anlatacağımız. Siz sormadan hemen söylemek isterim bize nasıl güveneceğinizi... Bu ilk işimiz, eğer başka müşteri de istiyorsak bu işi kusursuz yapmamız lazım, ki emin olun yapacağız, isterseniz vaktinizi çok da almadan sunumumuza geçeyim."

Sonradan adının Tijen olduğunu öğrendiğim pazarlama müdürü, "Konuşmanız inanın bende müthiş bir merak uyandırdı Sertab Hanım, sizi dinliyoruz" dedi ve ben aldığım gazla başladım, bir solukta tüm sunumu bitirdim. Sunumu herkese bakarak yapmaya çalıştım, ama en çok Tijen Hanım'ın fikrini merak ediyordum. Kadın tam konuşacakken, masadaki tek kılkuyruk hemen soru sordu:

"Sertab Hanım, kurumsal bir marka olduğumuzdan bizim zaten bir dijital ajansımız var, onlara her ay belli bir para ödüyoruz. Dışarıdan bir ajansla bunu ekstra maliyetle yapmak bana açıkçası çok mantıklı gelmedi. Pekâlâ bunu onlarla da yapabiliriz."

Şaşırmış bir ifade takınarak, "Aaa böyle bir fikri ajansınız da mı getirdi?" diye sordum. "Yok, getirmedi" diye karşılık verdi. Ben de, "Hah işte tam da bu yüzden bizimle bu işi yapmalısınız, çünkü bizim derdimiz sizden gelen brief'lerle her ay size iş yapmak değil, zaten onu da istemiyoruz. Bizim şahane bir fikrimiz var ve bunu sizinle yapmak istiyoruz. Aslında daha bir sürü şahane fikrimiz var, inanın onları da başkasına vereceğiz ve inanın onların da ajansları olacak. Bizim yolumuz bambaşka, bizi diri tutan şey de bu."

Bazı anlarda o kadar güzel konuşuyorum ki ben bile kendime inanamıyorum. Konuşmam biter bitmez hemen Tijen Hanım'a baktım. Bence onu tatmin etmiştim. O da hemen soru sormak istedi, "Neden Emel Sayın?" dedi. Ben de, "Bu masada Emel Sayın'ı sevmeyen var mı?" diye sordum. Kimse cevap vermedi. "İşte bu yüzden, Emel Sayın'ı herkes çok sever. Gülünce gülersin, kimseyi kıracağına inanmazsın ve en önemlisi Türkiye'de onu tanımayan yoktur."

Bu da Tijen Hanım'ı tatmin etmişti ve konuşmaya başladı:

"Banka olarak, girişimci kadınların her zaman yanında olmayı bir borç bildik. Bu girişiminiz ve azminiz açıkçası beni çok etkiledi. Projeniz de çok farklı, bir iş planı ve bütçe talebinizi yarın akşama kadar alırsak bence hızlıca ilerleyebiliriz."

Gerçekten Tijen Hanım'ı sabaha kadar dinleyebilir, sonrasında da boynuna atlayabilirdim. Bence ilk işimizi almıştık bile!

Toplantıdan çıkınca Emel'le bir şişe şampanya alıp doğruca ofise gittik. Bizi orada Emre bekliyordu. İlk işimizi almaya çok yaklaşmanın verdiği mutlulukla kendi çapımızda bir eğlence yaptık. Akşam dokuz olduğunda Emel ve Emre'yi eve gönderdim. Bilgisayarımı açıp hızlıca bir iş planı yaptım. Strong FM'de projeler yaparken çalıştığım küçük çaplı yapım şirketinden yapım bütçesini hızlıca aldım, şimdi tek ulaşmam gereken Emel Sayın'ın menajeriydi. Onu da Emir'den isteyip kısa bir telefon konuşmasından sonra o bütçeyi de tamamlamıştım. Emre'nin önceden hazırladığı teklif dosyamıza tüm detayları da koyup Tijen Hanım ve ekibine mailimi bildiğim tüm dualar eşliğinde attım. Bilgisayarımı müthiş bir huzurla kapattığımda saat artık gece yarısını gösteriyordu ve karşımda Emel Abla ve Cem Abi oturuyordu. Heyecanla konuşmaya başladım, "Emel Abla, galiba artık gerçek hayatta da tanışabileceğiz, bu şahane değil mi?" diye sordum.

Emel Abla da aynı samimiyetle cevap verdi:

"Evet Sertab, senin adına çok seviniyorum. Çok daha iyi yerlere geleceksin, biliyorsun değil mi? Hayatında yaşadığın her şey seni bugünlerine, hatta daha iyilerine getirecek."

Biz Emel Abla ile konuşurken Cem Abi sessizce bizi izliyordu.

"Beni de tüm Türkiye tanıyor? Neden beni de koymadın ki sunuma?"

"Cidden şu an buna bozulmuş olamazsın Cem Abi, değil mi? Ayrıca, sen şarkı söyleyemezsin ki?"

"Ben mi? 'Bu Ne Biçim Hikâye Böyle'yi dinlemedin herhalde...

"Dinledim, back vokaldin orada."

"Sen kaybettin!"

Gerçekten tüm bunlar hayal ve hayalimde Cem Yılmaz kaprisi yiyorum şu an... İnanılmaz mantıksız... Konuyu değiştirelim.

"Bak her şey çok güzel oldu!"

"Sana bir tüyo vereyim mi?"

"Ver."

"Daha da güzel olacak! Az dayan!"

İkisiyle de vedalaştıktan sonra, ofisime gururla bir daha baktım ve kapıyı kapattım. Kendimi çok iyi hissediyordum. Daha önceleri de kendimi çok iyi hissetmiştim ama bu çok farklıymış, muhtemelen daha neler yaşayacak ve daha neler hissedecektim ama şimdiye kadar ki en iyisi buydu!

Artık düğüne gönül rahatlığı ile gidebilirdim!

BÖLÜM 29

Artık Eşitiz

Düğün sabahı uyanıp ilk iş bilgisayarımı açtım ve bingo! İstediğim onay mailini almıştım. Tijen Hanım projeye departman olarak onay vermiş, satın alma süreci başlamış. Bunun için de bizi önümüzdeki hafta arayacaklarmış. Mutluluktan şu an damat halayına başlayabilirdim. Hemen duş alıp Gamze'nin evine doğru yola çıktım. Tüm hazırlık sürecimiz onun evinde olacaktı. Çok güzel, kırmızı bir elbise almıştım. Saçlarımı da her zamanki gibi ortadan ikiye ayırıp sıkıca bağladım mı oldu bitti. Bu arada düğünde hepimiz aynı masadayız ve sevgilisi olmayan bir benim. Ama olsun, müşterisi olan bir ajansım var bunun mutluluğu beni daha götürür. Gerçi Mertol'dan çok ümitliydim ama manitası bugünü asla kaçırmak istememiş. Aman, zaten üç kadehten sonra herkes pistte dans edecek, arada kaynayıp gideceğim.

Eve varır varmaz Gamze'nin hazırlandığı odaya geçtim. Gelinliği rüya gibiydi, camda asılı duruyordu. Odada bir mutluluk hâkimdi, herkes gülüyor, komik anılar anlatıyor, bir yandan da müziğe ayaklarıyla ritim yapıyordu. Hep şöyle düşünmüşümdür; birinin mutluluğuna ortak olmak, acısına ortak olmaktan çok daha zor. Acı hepimizde var, hepimiz ondan besleniyoruz. Zor olan mutluluğu bulmak ve bulan için sanki kendininmiş gibi sevinmek... Düğünlerde ve doğumlarda da en sevdiğim bu. Düğün saati yaklaşana kadar evde tam da bu mutluluk enerjisi hâkimdi.

Düğüne gitmeden hemen önce Harika bir anda bana dönüp, "Ay Sertab ne zamandır söyleyeceğim, unutuyorum. Hani senin şu ortaokul ve lise hayatın boyunca deli gibi âşık olduğun ve habire seni reddeden çocuk vardı ya, Emrullah. O da düğüne geliyormuş. Damadın en yakın arkadaşıymış, hatta şahitmiş" dedi. Kadın bunu o kadar normal bir şey gibi söyledi ki, sanki, "Ay Sertab kaç gündür sana söyleyeceğim, bir posta geldi benim adresime, unutturma da vereyim" gibi. Ulan adam hayatımın altı senesini çalmış. Adı Emrullah olan, tüm Emrullahlardan şimdiden özür diliyorum ama 1995 yılında ortaokuldaysanız Emrullah biraz iddialı bir isim kabul edin, bir adam beni evire çevire her hafta sonu reddetmiş... Belki de hayatımdaki tüm güvensizlik hislerimin ana sebebi olan adamı saçlarım Amerikan tıraşı olmadan ve kaş sayımı ikiye çıkarmışken göreceğim, kadın bunu bana düğüne bir saat kala söylüyor. Cool'luğuna sokayım Harika, cool'luğuna sokayım! Hemen konu hakkında fazla detaya girmeden Gamze'nin makyözüne yalvar yakar bir kırmızı ruj sürdürdüm. İçimden yine yıllar sonra bir araya gelen insan hikâyeleri geçirirken Harika tekrar bana döndü:

"Haaa bu arada, evlenmiş biliyor musun... Hatta lise aşkıyla. Çocukları bile olmuş."

Hayır, kadın tek seferde de öldürmüyor, önce bacağına sıkıyor, biraz sürün diye bekletiyor seni. Sonra yüzüne bakıyor, ne bileyim, bir sigara içiyor, sen can çekişiyorsun ve en son kafana sıkıyor. Bakın, böyle şeyleri takma dönemimi geçtim ama ne kadar küçük olsanız da hayatınızın büyük bir bölümünde hayaller kurduğunuz birini yıllar sonra gördüğünüzde şartlar eşit olsun isterseniz. Ben ne yapayım, adamın yanına gidip önce tebrik edip sonra da, "Evet evli değilim ama ajans kurdum, bugün de ilk işimi aldım. Şartlar eşit Emocuğum" mu diyeyim? Yine bir tık Soner'e küfür etme anı yaşıyorum. Hayatımda ilişki anlamında ne yaşarsam yaşayayım sonunu ona bağlıyorum. Galiba, hatta kesin olarak ben çok sevmişim onu. Her mutsuzluğumu "o yanımda olsa böyle olmazdı"ya getiriyorum. Ama yok yok, o olsaydı şu an elde ettiğim hiçbir şeye sahip olamayacaktım. Kör topal aşk yaşayacaktım aynaya bakmadan. Şimdi aynaya baktığım zaman gördüğüm şeyin hastasıyım. Aman, zaten 350 kişilik düğün, beni nereden görecek? Görse de sanki hatırlayacak... O zamandan sonra biraz önce de değindiğim gibi saçlarım oldu, kaşlarım ikiye ayrıldı ve burun deliklerim görünmeye başladı. Hayatta beni tanıyamaz. Şimdi tek odaklanmam gereken şey, canımın düğünü ve onun mutluluğu.

Arabaya bindiğimizde Harika tekrar bana dönüp, "Ay Sertab bir de..." diye cümleye başladı O anda gerçekten ama gerçekten kadını camdan atmak istedim. Yok yok, ne camı, araba giderken kapıyı açıp, tekmelemek suretiyle arabadan atıp, sonra da başka bir arabanın üstünden geçmesini izlemek istedim. Beş on saniye bu anın tadını çıkarttıktan sonra, "Ne var HARİKA, ne var!" diye çıkıştım. "Asıl bomba, Emrullah senin düğüne geleceğini biliyormuş, Gamze'yle bir konuşmalarında Edirne konusu açılmış. Gamze de fotoğrafını göstermiş. Sonra Emrullah da karısına dönüp senin küçükken ona ne kadar âşık olduğunu anlatmış, bayağı gülmüşler." Hatta karısı da biliyormuş seni, "Küçükken erkek gibi, çirkin bir kız vardı. O mu bu?" demiş.

Plan değişti. Kapıyı açıyorum, kendimi atıyorum, iki üç arabanın üstümden geçmesini bekleyip sonra da göğe yükselirken kendimi izliyorum. Bu çok daha iyi.

"Her şeyi geçtim, herkes bu konuşmalara hâkimken ben neden bunları bilmiyorum?" diye sordum, Masal bana çıkıştı:

"Kızım, ajans işlerinle o kadar meşguldün ki motivasyonunu bozmak istemedik ama gıyabında bayağı güldük."

Canım arkadaşlarım pek severler beni. Artık yapacak bir şey yok, şemsiyem ve ben o düğüne gidecek arkadaşımız için mutluluktan havalara uçacaktık.

Düğün yerine vardığımızda, Gamze'nin yine zevkine ve sadeliğine âşık oldum. Hiçbir şeyi abartmadan o kadar şık yapmıştı ki tıpkı kendisi gibi. Hemen yerlerimize oturduk. Masal, Gamze'nin şahidi olduğundan yanımızdan ayrılmıştı. Masada herkes sevgilisiyle buluşmuş, günün ve düğünün değerlendirmesini yapmaya başlamıştı bile. Bense kayıp balık Nemo gibi çevreme bakıyor, bir yandan da Emrullah'ı görmek istiyordum. Biraz sonra Emrullah, karısı ve çocuğu ile birlikte bana göre ağır çekim olarak salona girdi. O kadar yavaş yürüyorlardı ki sanki tüm salon onlara baksın, gıpta etsin istiyorlardı. Adam hiç değişmemişti, karısı da muhtemelen Emre'nin iMac'inden daha pahalı bir elbise giymiş, bir kilometre uzaktan parlayan pırlanta küpeleri ile göz doldurmanın bir tık üstüne çıkmıştı. Resmen kafamı döndürüp sadece onları izliyordum. Elimde olsa yerlerine ben bırakacaktım. O kadar kusursuz görünüyorlar ki, bir noktadan sonra siniriniz bozuluyordu. Bana göre bir ömür süren yürüyüşün sonunda bizim masanın yanından geçerken bir anda Mertol masanın ucundan bana bağırdı:

"Sertab gerçekten inanılmazsın, tüm sektör kurduğun ajanstan bahsediyor."

Mertol bunu dediği anda Emrullah ani bir hareketle bana doğru kafasını çevirdi, işte o anda ağır çekim bitti ve çekirdek ailesiyle masasına oturdu. İşte şimdi eşittik. Yani benim de bir hayatım vardı. Dışarıdan bakıldığında "ne gerek vardı ki" anlarından biri gibi görünse de insanız işte, böyle anlar kısa da olsa keyfimizi yerine getiriyor. Canım Mertol, hayatımı daha kaç kere böyle tatlı anlar sokacak hiçbir fikrim yok. Mesela böyle düşününce; Soner hayatıma girmese, beni aldatmasa, hatta üstüne terk etmese Mertol'la tanışmayacaktım. Off yine işi Soner'e bağladım. Tamam tamam, kapatıyorum. Hadi o zaman biraz damat halayı, biraz shot, biraz "Gül Döktüm Yollarına". Sahi, yıllardır yanımda hep bir şarkıcı olur, bir kere Tarkan gelmedi. Adam hakikaten hiçbir yere gelmiyor demek ki...

BÖLÜM 30

Emel Abla Bilir!

Düğünün üzerinden haftalar geçmiş, ben ilk işimi müşteriye teslim etmiş, hatta ödememi bile almıştım. Bu süreç içinde hayatım o kadar değişmişti ki, gerçekten sanki bir filmin içindeydim. Zaten sonra kesin kararımı verdim, aslında hepimizin kendi filmi var. Hepimiz orada gerektiğinde figüran, gerektiğinde de esas kadın oluyoruz. Zaten filmler de bizlerden çıkıyor. Hadi artık, lafı uzatmadan Emel Sayın ile tanıştığım güne gidip sonrasında olanları anlatmak istiyorum. Zaten bu size geçmişimden bahsedeceğim son bölüm. Sonra bir bakmışsınız günümüzdeyiz.

Emel Abla'yla tanışacağım için o kadar heyecanlıydım ki, neredeyse tüm gece uyumamıştım. Çekim öncesi görüşmelere, yeni iş toplantılarımız yüzünden asla katılamamıştım, ama Emel'in anlattığına göre şeker gibi bir kadınmış. Çekim günü restoranın yanında olan bir otelde hazırlıklara başladı, biz de mekânda kamera set-up'larıyla uğraşıyorduk, tek derdim bir an önce yanına gidebilmek ve tanışmaktı. İşleri toparlar toparlamaz otele yanına çıktım, kapısına geldiğimde resmen ayaklarım titriyordu. Keşke o da beni tanısaydı, bir anda ah Sertabcığım diye boynuma atlasaydı... Hâlâ kapıdaydım, bir türlü cesaret edip kapıyı çalamıyordum. Ya hayal ettiğim gibi biri olmadığını görürsem diye o kadar çok korkuyordum ki, nasıl anlatırım ona şu an olduğum noktaya beraber geldiğimizi, onun benim hep yanımda olduğunu nasıl anlatırdım... Sakinleşip derin bir nefes aldım, öyle ya da böyle, o odaya girmem kendimi tanıtmam ve işi anlatmam lazımdı. Kapıyı çaldım, yardımcısı kapıyı açtı. Ona kendimi tanıttım ve kapı sonuna kadar açıldı. Hâlâ odaya giremiyordum, kapının önünde onu gördüm, ışıklı aynasının önünde oturmuş makyaj yaptırıyordu. Aynadan yansıyan yüzünü gördüm, masmavi gözlerini gördüm, kocaman gülümsemesini gördüm. Sonra yaşadığım, ortak olduğu her şey gözümden bir film şeridi gibi geçti. Şarkıcı olmak ne garip, bir şarkı söylüyorsun, haberin yok kimlerin hayatında nasıl varsın... Tüm bunlar kafamdayken hâlâ kapının önündeydim, sonra bir anda aklıma Soner ile Hayal Kahvesi'nde karşılaştığım akşam geldi. O, Emel Abla ve ben vardık. Kapının önünde öylece çakılmış Emel Abla'ya bakıyordum. Sonra tutamadım kendimi... Gözyaşlarıma hâkim olamadım. O kadar üzün süredir ağlamıyordum ki, nasıl oldu hâlâ bilmiyorum, hıçkıra hıçkıra ağlamaya başladım. Emel Abla hemen yerinden kalktı, makyajına aldırmadan bana sarıldı, sıkı sıkı sarıldı. Şimdi düşününce bile içimi titreten bir andı benim için. Beş dakika boyunca her anda daha da sıkı sarıldı bana, bense daha çok ağladım. Herkesi odadan çıkardı, başbaşa kaldık. Koltuğa oturduk, "Ne oldu kızım, bir derdin mi var?" dedi, gözlerimin içine baka baka. "Yok" dedim. "Sizi, tahmin edemeyeceğiniz kadar çok seviyorum. Çok anımda yanımdaydınız ve ilk defa sizi canlı görünce bir patlama yaşadım sanırım" dedim. Her şeyi o anda kendisine anlatmayı çok istedim ama yapamadım. Tüm bu hayal konularını gelecekteki psikoloğuma saklıyorum. Ona olan hayranlığıma, sanırım yaşım gereği o bile şaşırdı. Odaya kahve söyledik, eski filmlerinden, şarkılarından konuştuk. Bana saatler sürmüş gibi gelmişti ama toplamda on dakikaydı aslında. Sonrasında herkes tekrar odaya girdi, ben işten bahsettim, her şeyin üzerinden geçtik. Sonrasında da zaten tüm işleyişimiz su gibi aktı. Sürpriz yaptığımız kişi o kadar şaşırdı ki, bir de üstüne o gün doğum günüymüş, muhteşem anlar yakaladık. Tüm gün boyunca Emel Abla ile o kadar yakındık ki, aralarda özel hayatıma dair sorular bile sordu. Tabii ki Soner'i anlattım biraz. Gün bittikten sonra arabasına kadar geçirdim. Tam arabaya binecekken döndü, bana baktı ve konuşmaya başladı:

"Sertabcığım her şey için çok teşekkür ederim. Beni böylesine eğlenceli bir işin içine soktuğun için de... Ha ayrıca, şu anlattığın çocukla ilgili içimden bir ses, her şey çok güzel olacak diyor."

Arabasının kapısını kapattı, bana baktı, göz kırptı ve uzaklaştı.

Tüm bunlar şaka mıydı? Ben yine mi hayal görüyordum? Yoksa her şey tesadüf müydü? Emel Sayın bana dönüp, "Her şey çok güzel olacak" mı demişti? Delirmek üzereydim. Ne yapacağımı bilmez halde yolda kalakaldım. Galiba hayatta gördüğünüz hayallerin bile bir anlamı var, hani derler ya, ne düşünürsen o olur diye. İşte tam da öyle! Hareketsizliğimi, çalan telefonum bozdu, Burcu Abla'ydı arayan. "Hadi" dedi, "Akşama içiyoruz!" "Asmalı'da buluşuruz" deyip kapattık. Gerçekten bugünün tam da böyle bitmesi lazımdı. Her şeyi tüm çıplaklığı ile anlatamayacak olsam da bugün olan biteni paylaşmayı çok istiyordum.

Her zamanki gibi Asmalı Mescit'te buluşup kendi hayatlarımızdan bahsettik, arkadaşlarımın çoğu kurumsal dünyaya ait, kusura bakmayın da artık ben o dünyaya ait değilim, dışarıdan bakıldığında inanılmaz basit görülen kurumsal dünya bence tam bir doğal yaşam belgeseli. Prosedürler, sorunlar, seviyeli olmak zorunda olduğunuz kavgalar, alanınızı sahiplenmeniz gibi konular cidden zor. Biriyle kavga ederken hâlâ sizli bizli konuşmak, küfür edememek, kabul edin, aşırı saçma. Kadın resmen senin arkandan iş çevirmiş, seni üstüne şikâyet ederken utanmadan bir de seni CC'ye koymuş ama sen tüm edebinle açıklama yapıyorsun. Orada demen gereken tek şey, "Lan sikik, sen kimi kime şikâyet ediyorsun, anam değil babam değil o benim, ne yapabilir göt oğlu göt! Gel buna şikâyet et beni!" Burada bahsettiğim "buna"yı hepimiz anladığımıza göre, konumuza geri dönebiliriz. Gamze'yle biraz evlilik hayatından bahsettik, içimizde ilk evlenen o, hepimiz için resmen Ay'a ayak basmak gibi bir şey. Her kafadan ses çıkıyor, herkes bir şey soruyordu. Günün sonunda aldığımız her cevap aynı şeye bağlanıyordu.

Şükür, iyi ki ve türevleri... Evlilikten bahsederken herkes biraz içlenmiş olacak ki masada shot'lar uçuşuyordu. Konu nihayet bana geldi, tüm günü en ince ayrıntısına kadar anlattım, işle ilgili tüm detaylar bitince Harika masaya şampanya getirtti, patlattı, "Kardeşimin artık aramıza katılması şerefine" diyerek kadehini kaldırdı. "Anlamadım" diye cevap verdim, "Artık sen de yetişkinsin, ne istediğini, ne hissettiğini, neyden mutlu olduğunu bilen, savaşan, kaçmayan bir yetişkinsin. Artık bu senin içine işledi, kaçış yok! Aramıza hoş geldin!"

Söyledikleri hoşuma gitmekle birlikte gitmemişti de aslında. Eski halimi de çok seviyordum. Savrulmazsan varacağın yere gidemezsin ki... Pardon da bu cümle çok iyi oldu. Uzatmaya gerek yok. Şampanya içmeye devam!

Şampanyalarımız bittiğine, hafif de bir sallanma geldiğine göre, Hayal'e doğru gidebilirdik. Yolda yürürken Harika'ya dönüp, "Bugün Emel Sayın'a çok alakasız bir konuşmada Soner'den bahsettim. O da 'İçimden bir ses daha devamı var diyor' gibi bir şey dedi, biliyor musun? Şimdi de Hayal'e giderken bir anda aklıma geldi, aslında her şey tam da orada başlamıştı" dedim. Konuşmaya devam edecektim ki Harika sert bir ses tonuyla araya girdi:

"Yeter artık, hâlâ mı Soner! Bırak şu herifi artık."

O kadar sert konuştu ki, hemen sündüm.

"Yaa zaten bıraktım, şimdi Emel Sayın öyle deyince anlatasım geldi."

Hayal'e geldiğimizde her zamanki gibi hızlıca en öne gitmiştik. Uzun süredir bu kadar eğlenmemiştim, deliler gibi dans ediyor, içki içiyor ama en önemlisi gülüyorduk. Muhtemelen bütün Hayal Kahvesi bizden nefret ediyordu ama olsun, biz bayağı mutluyduk.

Ben yine deli gibi zıplarken bir anda yanımda Emel Abla'yı gördüm, refleks olarak, "Gerçek misin değil misin?" diye sordum sessizce. "Hayal hayal, gerçeğinin ne işi var burada Allah aşkına" dedi. Haklıydı. "Noldu Emel Abla, bir durum mu var?" dedim. "Evet var, sakin olmaya çalış" dedi ve kayboldu. Bunca yıldır hayal görürüm, ilk defa bir hayalim kendi hayatımla ilgili bana spoiler vermişti. Biraz duraksadım, ne demek istediğini anlamaya çalıştım ama sonra beyin fonksiyonlarımın yüzde birini kullandığımı düşünerek dans etmeye devam ettim. Shot sırası bana geldiğinde bara doğru yürümeye başladım, tam bara gelmiştim ki birine çarptım, bakmadım bile kim diye, pardon deyip geçtim. Bara siparişlerimi verdim, çevreme bakmaya başladım ve bir anda tahmin edeceğiniz üzere dünya durdu, müzik durdu, herkes dondu. Sadece o ve ben vardık. O bana, ben ona bakıyorduk. O an tek istediğim hiçbir şey düşünmeden gidip boynuna sarılmak ve dudaklarından öpmekti. Ne geçmişi ne de geleceği düşünmek istiyordum. O kadar emindim ki onun da öyle hissettiğine, birbirimize doğru yürüme başladık. İkimiz de birbirimize kocaman gülümsüyorduk. Sanki ayrı kaldığımız günlerde gülmemiştik de acısını çıkartıyorduk. Birbirimize varmamıza iki adım kalmıştı ki bir anda kolumdan birinin beni dipsiz bir kuyuya çektiğini fark ettim. Resmen plak takılması gibi bir ses hayatımın en heyecanlı anında hayatımın tüm ritminin bozmuştu. Beni oradan çeken tabii ki Harika'ydı, beni kollarımdan sıkıca tutup bağıra bağıra konuşmaya başladı:

"O herife bir adım daha yaklaşırsan seni sikerim Sertab."

Tüm anın büyüsünün içine ettiği için bozulmayı bir kenara bırakıp Harika'nın küfür etmesine gülmeye başladım. Şimdi düşününce kesin sarhoşluktan ama o kadar komikti ki, benim canım aristokrat ablam bir barın ortasında bağıra bağıra küfürler ediyordu. İnsanları çığırından çıkartmada bir dünya markası olduğum işte şimdi tescillenmişti.

Gülmem bitince Harika'ya döndüm:

"Harika ne kadar bağırırsan bağır, ne kadar nefret edersen et, biz kardeşiz. Ne sen benden ne de ben senden koşullar ne olursa olsun vazgeçmeyiz, o yüzden bu akşam hayatıma lütfen seyirci olarak katıl, çünkü günün sonunda mutlu olsam da üzülsem de çalacağım kapı senin kapın."

Konuşmam bitince ondan da duygusal bir şeyler bekledim ama "Ay Sertab, ne diyeyim, ne halin varsa gör ama bu sefer ağladığında karşında gülüyor olacağım. Şu manzaraya daha fazla bakmak istemiyorum ve evime, beni hiç aldatmamış sevgilime gidiyorum" dedi. Gerçekten de gitti, hatta tüm kızlar da gitti, hepsinin yüzünde bir tık hayal kırıklığı vardı. Ama neden bilmiyorum hiç umursamadım. O an o kadar doğru geldi ki bana. Herkes gidince tekrar arkamı döndüm, Soner oradaydı, sanki bunca zamandır hiç hareket etmemiş gibi bana bakıyordu yüzünde aynı gülümsemeyle... Her şeyi, herkesi bir yana bırakmıştım. Bu hayat benimdi ve onunla çok güzeldi, artık tamdım. Her açıdan tamdım. Ona doğru yürüdüm, o da bana doğru yürümeye başladı. Birbirimize sarıldık, hiç bırakmayacak gibi sarıldık. Baktık sonra, gülmeye başladık. Hiç konuşmasak da olurdu ama o konuştu:

"EVLEN BENİMLE!"

BÖLÜM 31

Son?

İşte ben, yine karşınızdayım. 2019 Ocak ayındayız. Şimdi geriye dönüp baktığımda tam da hikâyemin başında size yazdığım gibi, "Nereden nereye be Sertab" diyorum. Surprise Company artık Türkiye'nin en büyük dijital ajanslarından biri. Üç kişi olarak çıktığımız yola yüz elli kişi olarak devam ediyoruz. Emel ve Emre hâlâ benimle. Zaten ortak gibi olduk. Betül Abla da bizimle. O bile ekibini büyüttü, öğle yemeğini tüm şirket upuzun bir masada hep beraber yiyoruz. Bu geleneği de bize Betül Abla kazandırdı, aynı sofradan her gün yemek yiyenler birbirlerine asla yanlış yapmazmış. Biz de bu geleneği sürdürüyoruz.

Evlilik teklif ettiği günden tam yedi ay sonra Soner'le evlendik. Çok ama çok eğlendik. Evlendikten iki yıl sonra da Nâzım doğdu. İkimiz de Nâzım Hikmet'i çok sevdiğimiz için bu ismi koyduk. Soner, her şeyi unutup ona geri döndüğüm için beni bir gün bile pişman etmedi. Harika'yla da arası çok iyi. Kısacası hayatımda kötü giden hiçbir şey yok.

Demem odur ki:

Hayatımın büyük bir bölümünü benden ne olacağını arayarak geçirdim. Hep bir şey olsun istedim, o bir şey öyle büyük olsun ki bana yetsin istedim. Sonra anladım ki, ben birden çoğum. Aynı anda birçok şey olabilirim. Her şeyde en iyi olmama da gerek yok, mutlu olayım yeter. O anda mutlu olmak tek gayem olsun; sonra o anlar birleşsin; hayatımda kocaman, şahane anılar olsun. İşte ben bilmeden hayatım boyunca tam da bu olmuşum. Şimdi 35 yaşında, iş kadını, anne, parti kızı, aşçı, sporcu, âşık bir kadınım. Hiçbirinde bir marka değilim ama çok mutluyum. Bir deneyin, kesin siz de çok mutlu olacaksınız. Şimdi müsaadenizle kocam ve oğlumla oynamaya bahçeye çıkıyorum deyip kitabı da burada bitirmek çok isterdim. Çünkü çok havalı bir bitiş olacaktı.

Bahçeye çıktığımda, Soner yanıma geldi. "Sertab bir şey konuşmamız lazım, yatak odasına çıkalım mı?" diye sordu. Ben de "Tabii" diyerek karşılık verdim. Nâzım'ı dadısına verdikten sonra birlikte yukarı çıktık. Soner yukarı çıkar çıkmaz konuşmaya başladı.

"Bence sen de uzun süredir farkındasın, yolunda gitmiyor, olmuyor, bir terslik var. Çözmeye çalışıyorum, çözemiyorum. Çözemedikçe de gömülüyorum dibe Sertab, biliyorum sen de böylesin. Bu yüzden seni de bu yükten kurtarmak istiyorum ve ilk ben söylüyorum, ben boşanmak istiyorum."

"Ulan göt, ben biraz önce insanlara hayat dersi verdim mutlu olmak adına. Mal oğlu mal, ne oldu ben bilmiyorum ki! Ben mutluydum, her şey normaldi. Ne yükü oğlum bu, ben neden anlamadım! Ne diyorsun sen!" diyemedim tabii ki, tek diyebildiğim, ki onu Soner'e mi kendime mi söyledim bilemiyorum ama "Siktir" oldu.

-SON-

Özür

1- "Ben tek başıma yazamıyorum, karşımda otur ama konuşma, sadece otur" diyerek yazma serüvenim boyunca sandalyeye mahkûm ettiğim İlker'den,
2- Dizi yazmaya söz verip, bir anda "Kitap yazıcam ben" diyerek işi yarım bıraktığım için Selim'den,
3- "Şu yazdıklarıma bir bakın ama üç saat sonra haber verin" diyerek darladığım Kaman Kardeşler'den,
4- Aynı şarkı listesini sabahın 03.00'üne kadar dinlediğim için komşularım Selma ve Alican'dan,
5- Geceleri yazdığım için, Naziko'ya bakan Joseline'den,
6- Sosyal medyada tanınıp kitap yazdığım için bana kızanlardan,
7- Geçmişte attığım tweet'lerden,
8- İçip içip kadınlar tuvaletinde sıkıştırdığım için Gülse Birsel'den (açıkçası kitapla ilgisi yok ama aradan çıkarmak istedim),
9- 750 kapak tasarımı seçeneği yaptırdığım için canım Betül'den,
10- "Ev dolu" diye evlerini ele geçirdiğim Melis ve Bülent'ten,
11- "Burası böyle iyi mi?" gibi binlerce soruya istediğim hızlı cevaplar için Tutunamayanlar'dan,
12- Sertab'ın anne travması için Annem'den (Anne seni çok seviyorum ve yemin ederim seninle ilgili bir sorunum yok),

çok özür dilerim...

Hayatımın ve kitabımın her anında bana ilham verenlere, sonsuz saygı ve minnetle...

"I Don't Wanna Dance"
Söz/Müzik: Eddy Grant
Yorumlayan: Lady Inn and Her Magnificent Seven

"Gücendim Sana"
Söz: Gülay Tekay
Müzik: Selçuk Tekay
Yorumlayan: Emel Sayın

"Yolun Başı"
Söz: Aysel Gürel
Müzik: Fuat Güner
Yorumlayan: Sertab Erener

"Her Şey Sensin"
Söz/Müzik/Yorumlayan: Yalın

"Allah Belanı Versin"
Söz/Müzik/Yorumlayan: İsmail Yurtseven

"Tanrım Beni Baştan Yarat"
Söz: Ali Tekintüre
Müzik: Muzaffer Özpınar
Yorumlayan: Emel Sayın

"Nasip Değilmiş"
Söz: Günay Çoban
Müzik: Niran Ünsal
Yorumlayan: Özcan Deniz

"Yarından Bana Ne"
Söz/Müzik: Rıza Erekli
Yorumlayan: Teoman

"Kendim Ettim Kendim Buldum"
Söz/Müzik: Neşet Ertaş
Yorumlayan: Emel Sayın

"Yürüdün mü?"
Söz/Müzik/Yorumlayan: Nil Karaibrahimgil

"Pamuk"
Söz/Müzik/Yorumlayan: Kenan Doğulu